Aeropuertos

ALFAGUARA

© 2010, Alberto Fuguet
© De esta edición:
2010, Aguilar Chilena de Ediciones S.A.
Dr. Aníbal Ariztía, 1444
Providencia, Santiago de Chile
Tel. (56 2) 384 30 00
Fax (56 2) 384 30 60
www.alfaguara.com

ISBN: 978-956-239-848-0
Inscripción N° 196.301
Impreso en Chile - Printed in Chile
Primera edición: octubre 2010
Cuarta edición: junio 2011

Diseño de cubierta:
Ricardo Alarcón Klaussen

Fotografía de portada:
Alberto Fuguet

Diseño:
Proyecto de Enric Satué

Alberto Fuguet

Aeropuertos

A Sergio Paz

*—Bueno, se me acaba de ocurrir que le doblo la
edad. Así que fácilmente podría ser mi hijo.
—Cierto.
—Entonces, ¿cómo podría decirle? Bueno, me gustaría saber de qué hablan padre e hijo. No sé, pero
es posible que haya tenido un hijo, yo. Pero ya le dije
el incoveniente que hubo con mis notas.
—¿Entonces?
—Nada, que me parece que si usted me hablase
como un hijo, yo sabría lo que preguntarle como
padre.
—Pero los padres saben las respuestas, son los hijos
quienes preguntan.*

MANUEL PUIG,
Maldición eterna a quien lea estas páginas

Un anuncio de salida, en un aeropuerto, tiene significados diferentes para los que lo oyen. Para algunos era una frase de rutina, el preludio de otro aburrido viaje de negocios que nunca habrían hecho por su propia voluntad. Para otros, el principio de la aventura; y para otros, el principio del fin: la vuelta a casa. Para algunos traía aparejada la tristeza de una despedida; para otros, al contrario, la perspectiva de encuentros alegres. Algunos lo oían para otras personas; eran amigos o parientes de los que viajaban; para ellos, los nombres de las ciudades eran algo así como vagas estampas de lugares lejanos, algo que nunca verían. Los menos escuchaban los anuncios con temor, pero muy pocos con indiferencia. Era la señal de que había comenzado el proceso de la partida. Un avión estaba listo; era el momento de ir a bordo sin perder tiempo; los aviones rara vez esperaban a nadie. Al poco tiempo el avión entraría en ese elemento tan poco natural para el hombre: los cielos; y porque no era natural siempre estaría rodeado de una aureola de aventura y romanticismo.

ARTHUR HAILEY,
Aeropuerto

Personajes Principales

- **Álvaro Celis Fernández**
  Fecha nacimiento: 7 de marzo, 1976
  Ciudad: Santiago
  CI: 13.873.571-0

- **Francisca Infante Gallo**
  Fecha nacimiento: 9 de octubre, 1976
  Ciudad: Santiago
  CI: 14.934.532-4

- **Pablo Celis Infante**
  Fecha nacimiento: 21 de mayo, 1993
  Ciudad: Santiago
  CI: 19.637.856-2

—No hay cielos así en Chile, Fran —le dice Álvaro—. Cielos tan intensos; puta, cacha esa luz, esas nubes, esos colores. Yo pensé que Cancún iba a ser todo falso, plano, hecho por el hombre. Mi mamá me dijo que esto era una mierda, puro pavimento, un negociado, onda Las Vegas con mar, todo yanqui, nada maya, todo planeado porque esto antes no existía, se fundó para ganar plata, para atrapar turistas, pero mira, mira ese cielo, mira ese espectáculo de la naturaleza: es rosado-rojo-fucsia-morado-granate-azul. Es pura intensidad. ¿Le entras? La sombra de Tepeu, Fran, los mismos colores de ese huipil que te compré a la entrada de Tulum. Mira, mira, pronto se evaporará, se va a ir, como nosotros. No quiero partir, no quiero irme. Esto ha sido increíble, ¿no crees? Yucatán tiene otro pulso, otro color, otro calor. Puta, otro olor. Yo ya estoy caliente de nuevo. ¿Tú?

—¿Fumaste algo?

—Mota, chingón. Órale.

—No hables como mexicano —le responde seca Francisca—. No te sale.

—No mames, güey.

—No soy güey, huevón. Soy mina. Y chilena.

—*Muy* chilena. Cierto.

—¿Qué significa eso?

—Siempre pensando, siempre tratando de mantener el control. No hay control. La vida fluye.

—Fluyen las huevadas que dices, Álvaro. Ándate a comprar un café. No vas a subir al avión así.

—El vuelo está atrasado. Tormenta eléctrica. Aún ni llega. Aterrizaron en Belice, creo. Puta, yo quiero vivir un tiempo, un año, no sé, allá. Vivir con los garifuna, todo easy...

—Madura.

—Madurar es vivir experiencias nuevas.

—No es eso.

—Lo es y este viaje me cambió. Ahora entiendo: entiendo *todo*. Castaneda tenía razón. Conecté. No quiero volver y cagarnos de frío y respirar el aire tóxico de Santiago.

—Tú eres de allá. *Somos* de allá: es lo que nos corresponde, lo que nos toca.

—Uno es lo que quiere ser si se atreve.

—Deja de hablar como dios maya. Eres un mal alumno de un colegio de Providencia.

—Pero me puedo potenciar: tengo *otros* dentro de mí. Puedo ser lo que quiera ser. La otra noche el mezcal te puso wild. No te importó la arena.

—No me acuerdo.

—Yo me acuerdo y sé que te acuerdas. Te puedo mostrar las mordidas en mi cuerpo. Lo pasamos padrísimo.

—Cállate. Eso fue privado.

—Privado pero rico. Y real.

Álvaro coloca sus pies arriba de su desgastada mochila que aún tiene logos de su época de scout y eso hace que Francisca sonría sin que él se dé cuenta. Álvaro está con unas sandalias de henequén yucateco que le compró a unos artesanos italianos hippies en la terminal marítima de Playa del Carmen. Francisca mira los pies de Álvaro: despellejados por el sol, las uñas gruesas y amarillentas, los rastros de sal y arena entre los dedos.

—¿Te metiste al mar antes de partir?

—Obvio. Aprovechar hasta el final: así los recuerdos duran más. Creo que en mi vida anterior fui un marlin azul de Cozumel. Según Brian, de más que fui porque no me gusta que me atrapen. Y porque tienen el medio pico. Modestamente.

—¿Brian?

—Puta, mi mejor amigo nuevo. ¿De dónde crees que saqué la mota?

—¿No quieres que te atrapen? Interesante confesión.

—¿Quién quiere? Tú crees que esos peces... puta, esas bestias, ¿quieren ser atrapados? Son los peces que más dan la pelea. No son hueas; saben que si los atrapan, los matan.

Francisca deja su bolso-cartera de paja entre los pliegues de su vestido blanco de algodón que le prestó su hermana mayor. Revisa una vez más su pasaporte y el ticket de embarque. Mira hacia el exterior. En efecto, el cielo está rosado y la noche va cayendo rápido.

—Así que ahora eres una mina.

—¿Cómo?

—Que recién me dijiste que no te tratara de huevón porque eras una mina. Raro. Nunca antes me habías dicho que te veías a ti misma como una mina porque yo a veces —puta, parece que esta mota está muy chida, la neta— me gustaría que fueras más como un huevón, ¿cachái? Que fuera más fácil estar contigo, conversar contigo, que fueras más como un amigo.

—Explícate, por fa.

—Tú siempre has sido una chica, Francisca. No una mina. Una chica, una chica *bien,* una niña. Desde antes de que me gustaras, desde cuando te odiaba y me caías mal; desde, puta, desde siglos antes de que me imaginara que alguien como tú podría siquiera fijarse en alguien como yo.

—Si no eres tan feo y lo sabes. Tienes tus encantos.

—Pero no soy Roque, ¿tú cachái? No soy el tipo de mino que una chica como tú... tú sabes. O sea...

—Sigue. Yo tampoco sé qué es esto. ¿Qué somos?

—Siempre me has dicho que encontrabas que era como de roto referirse a las mujeres como minas. O a las chicas como «la». *La* Francisca, *la* Cecilia, *la* Emilia, *la* Ignacia. Es una huevá muy chilena.

—Entendiste todo mal. Encuentro rota a la gente que justamente trata de no hablar como hablamos. Nadie puede decir «estuve con

Francisca», «almorcé con Emilia». Nadie. Excepto la miss Espinoza.

—Lo que sea, ¿pero tú me cachái?

—No realmente, Álvaro.

—Pero me elegiste, eso es lo que importa.

—No realmente, Álvaro.

—¿No?

—Lo único que te puedo decir es que hay ocasiones en que una chica tiene que ser mina para sus cosas. Tiene que tener huevos. Eso es cierto. Tiene que saber qué hacer incluso cuando no sabe. Una tiene que ser bien hombrecito a veces.

Álvaro se levanta y mete su mano en un bolsillo de su jean rotoso que pareciera no tener fin. Extrae unos arrugados pesos mexicanos.

—¿Quieres algo, güerita?

—Paso.

—¿Segura?

—Segura.

—I'll be back.

Álvaro se aleja por el inmenso aeropuerto, bajo las luces fluorescentes escondidas en un techo que asemejan olas caribeñas, caminando entre viejitos de tercera edad con shorts, un ruidoso grupo de dentistas latinoamericanos que regresan de un congreso y cientos de estudiantes de colleges americanos con sus zapatillas Reebok quemados por el sol, que duermen en el suelo y leen biografías de Rigoberta Menchú. El resto de los dos cursos descansan y conversan y escuchan sus walkman cerca de la puerta de embarque. El avión, se fija, aún no llega. Tendrán para rato. Roque Arismendi, con una polera negra de The Cure y un peinado muy *Edward Scissorhands*, está con su libreta con tapas recubiertas de cuero, dibujando lo que ve por la ventana. Ella intenta ver lo que él observa. Mira todos los aviones esperando, solos, lejos de la terminal, cerca de la pista, en filas, iluminados por la luna que ha aparecido.

Francisca se toca el vientre.

—¿Quieres?

—Paso.

—Prueba. Son chidos.

—De verdad no quiero.

Álvaro mastica un trozo de coco bañado en limón y salpicado con polvos de chile.

—¿No pica?

—Pica un poco. Esa es la gracia: la mezcla de sabores. El dulce lechoso con lo ácido y con lo picante.

Álvaro saca otro trozo de coco del vaso de plástico transparente.

—¿Cerveza? —le pregunta Álvaro mientras sorbe una cerveza Dos Equis.

—No, gracias.

Álvaro le pasa un papel que saca de su billetera.

—Esto lo recorté de la *Zona*; estaba pensando en ti cuando lo leí. Publicaron todas las letras porque igual es como difícil cacharlas y escribirlas.

Francisca lo lee:

Come as you are,
as you were
as I want you to be
as a friend,
as a friend,
as an old enemy
take your time,
hurry up
the choice is yours,
don't be late
take a rest as a friend...

—No entiendo, ¿qué me quieres decir? ¿Esto lo escribiste tú?

—No, pero es como si lo hubiera escrito. Lo que a uno le gusta mucho es como de uno. Me representa.

—¿Te parece poético? ¿Bonito? *Como un viejo enemigo...*

—Cobain es un genio.

—No sé quién es ni me importa.

—No te creo: todo el mundo sabe quién es Cobain.

—No lo sé.

—Puta, no tenemos tanto en común.

—En efecto.

—Puta... *Mal.*

—Mira, Álvaro, si sigues así no vas a llegar lejos. No vas a llegar lejos conmigo. No me gusta que te abras tanto, que la gente se abra tanto. La gente se arrepiente después. Mejor calla y toma café, insisto. Ya has tomado mucha cerveza y te pones tonto.

—Te confieso mis cosas y ¿así me respondes? No mames, Fran. Te apuesto que soy más romántico que Roque. Quizás menos inteligente o culto o depre o darky, pero más romántico y creo que con mejor gusto; al menos, estéticos y musicales que es lo que importa. A poco que Roque es de esos que no se abre tanto.

—Eso es cierto.

—¿Crees que me odia? ¿Que me tiene celos?

—Roque se odia a sí mismo.

—Pero me odia porque ahora tú y yo...

—Terminamos bien. Somos amigos. Él entiende. Le duele, seguro, pero entiende.

—Nadie termina bien. Me odia pero nada, no es tema. El tema somos nosotros. No es mi culpa que cayeras rendida por mí.

Francisca lo mira y ve a un chico: un chico alto con mucho pelo sucio color miel que aún no sabe qué hacer con su altura. Un chico con cejas quizás más gruesas de lo necesario y ojos oscuros que pueden ser claros si se miran mucho. Un chico con unos pelos en la barba que se niega a afeitar y una piel sin una gota de acné color caramelo gentileza de los diez días de sol en Cancún. Trata de entender qué le sucede dentro, qué piensa realmente, qué pasaría si él supiera lo que ella sabe. Se fija en cómo se mueve su manzana de Adán a medida que traga la cerveza. No le parece feo pero sabe que no es ni de cerca el indicado. ¿Existe alguien que realmente sea el indicado?

—Soy tan, tan, tan, tan, tan, tan, pero tan romántico que si de verdad me mostrara, si de verdad sintiera todo lo que puedo sentir, si de verdad me expresara, el mundo estallaría o yo me vendría abajo de emoción. Yo creo que te asusto, güey, y eso te atrae. Roque era más como tu hermano, como el padre que se te fue.

—Dios, para. Ubícate. Hay límites.

—Acá no ha habido muchos y lo sabes —y le muestra sus dientes que ahora brillan más blancos por el contraste con su bronceado.

—Mira, sabes que me haces reír, pero no nos pasemos de los límites de la decencia.

—¿Te hago reír?

—Mucho. Pero no eres romántico. Caliente, cómico, loquillo, pero no romántico. Cualquier cosa menos romántico o brillante.

—El amor, Francisca, el amor. Tú me pones romántico. Te regalaría todos los chiles nogados y todas las botellas de mezcal del mundo.

—Gracias.

—Todos los nopales, todos los aguas de Jamaica, todo los moles del mundo. Bésame.

—No. No aquí. Estamos en un lugar público.

—Todo el colegio sabe que estamos...

—¿Que *estamos*? ¿Estamos *dónde? Estamos* en el aeropuerto de Cancún con todo el resto de los terceros medios.

—Estamos juntos, estamos enamorados...

—Hemos andado juntos poco. ¿Tú no entiendes realmente lo que pasó?

—Sé lo que pasó y lo que está pasando y lo que va a pasar.

—Lo dudo.

—Estás densa.

—No he dormido casi nada.

—Estamos hechos el uno para el otro. Eso está claro. Se nota. Todos lo notan. Luis Miguel nos hace sentir cosas. Puta, fumé mucha mota y me tomé cuatro —bueno, cinco— Dos Equis pero ya se me está yendo, ya pasó, ahora soy más yo. Lo que importa es que, bueno, tú sabes: te quiero. Te amo. Te idolatro, pendeja. Me siento mejor contigo. No sé, me siento la raja, padrísimo. Eres increíble. Eres, lejos, la más bonita, la más rica, la que mejor me ha chupado el pico en la vida.

—¿Estás demente?

—Quizás. Demente de amor. *Crazy little thing called love...* Nunca —*nunca*— se me había mezclado la calentura con el corazón. No sabes cómo me tienes.

—Puedo ver cómo te tengo. Qué básicos son ustedes.

—¿Roque no es básico?

—Bastante menos.

—Nos está mirando. Siento sus celos. Salgamos afuera y me la chupas. ¿Sí? Cada día lo haces mejor. No es hueveo. ¿Te había dicho eso?

—Cuidadito, huevón. ¿Que crees que soy qué?

—¿Qué vas a ser? La mejor mina del mundo. Eso creo que eres. Y estás conmigo, me elegiste a mí, gané yo. Y no es un insulto, te juro, si no tiene nada de malo. Es natural. Es una forma de afecto, no es una cosa degenerada, si eso ya lo sabes. Antes como que te daba como asco, que no, que hasta por ahí, no tanto, pero ahora, acá, no sé, Francisca, aparte de estar muy rica, cada día más bella, linda, pura, inteligente, capaz, también estás más guarra, más cachonda, más desinhibida, más perra. Tú sabes que yo estaría todo el día comiéndote, lamiéndote, haciéndote acabar. Si pudiera, sacaría un posgrado en eso: es lo único que me interesa. De verdad. Puta, me tienes duro, de hierro, de piedra volcánica. Te quiero comer toda, con chipotle y sal. ¿Qué hacemos? No aguanto llegar a Santiago, Fran; se buena. Tenemos que celebrar nuestra atracción, nuestra química, nuestro amor, ahora. Ahorita.

—Cállate. Córtala. Basta con la cosa oral, por favor. Crece.

—Perdón.

—Puta, puta la hora en que metí contigo. Además, no podemos salir afuera. Estamos en tránsito. No estamos en ninguna parte. Ya salimos de México y no estamos aún en ningún sitio.

—Perdona, me desubiqué.

—*Eres* un desubicado. ¿Sabes lo que eso significa? Que no sabes dónde estás parado.

Que no te ubicas. Siempre estás a flote. Crees que estás en un lugar pero no estás.

—Estoy aquí, contigo. En tránsito, sin movernos.

—Sólo quiero partir y llegar.

—Tú eres la única que me entiende. Me entiendes mejor que yo. Me quieres más que yo.

—Es imposible que alguien te quiera más que tú.

—Pero me quieres. Lo sé. Se te nota.

—Algo.

—¿Algo?

—Sí, algo. Más de lo que debería.

—¿No me amas?

—Cambiemos de tema. Lo hemos pasado bien. Lo he pasado bien. Y eso se paga, lo entiendo bien, todo se paga.

—Todos nos miran, todos nos envidian, todos saben que esto es mucho más que un pololeo nuevo.

—¿Qué es entonces? Yo pensé que no era ni eso.

—Puta, cuesta ponerle nombre a lo que uno siente. Siento que... Puta, *siento*. Siento ene. Siento cosas. Cuando pienso en ti es como si sonara la mejor canción, la que más me caga. Es mucho más que gustarme. Ni siquiera necesito tirar contigo para cachar que estamos juntos, que estoy dentro de ti, que estás conmigo. Que nunca me harías daño.

—¿Ahora lees poesía?

—Casémonos. Me casaría contigo. Nunca le había pedido matrimonio a nadie.

—Por suerte. Tienes dieciséis años, Álvaro. Uno no se casa a esta edad.

—Entonces quedémonos acá. Podría ser pescador. Podríamos vivir todo el día en el agua. Podríamos tener hijos que corrieran desnudos, libres, quemados por el sol, que fueran campeones de buceo a los cuatro años. Te amo. Harto. Mucho. Me siento drogado, curado, me tomaría litros de tu saliva todo el día.

—Álvaro, búscate un café. Mira, ahí venden. No hables de niños corriendo por la arena. ¿Dónde trabajarías? ¿En Xcaret de guía? ¿De buzo? Lo dudo.

—Esa es la diferencia entre tú y yo.

—¿Cuál?

—Que yo no dudo y tú lo piensas y analizas todo y lo das vuelta hasta que es otra cosa.

—Por suerte. Gracias. Yo he estado enamorada antes, sé lo que es. Se nota que es tu primera vez.

—Perdí la virginidad a los catorce con la Maca Núñez.

—¿Y...? ¿Debo admirarte más por eso?

—...

—Tráeme un café. Igual creo que puedo tomar café. Anda. Y sí, claro que dudo, claro que analizo las opciones. ¿Se puede hacer otra cosa?

—La sigla de este aeropuerto es CUN. Raro, ¿no? Uno pensaría que sería CAN. ¿Pero CUN?

—No me había percatado. ¿Por qué te fijas en esas cosas y...

—... quizás los gringos se lo colocaron —le responde sacándose los pellejos secos de su nariz y de sus manos—. *Can* como de poder hacer. Es más chido, ¿no? You can do whatever you want.

—Puede ser. O porque estamos enlatados.

—Sí, eso es, Fran. Los gringos establecen todas las leyes, los códigos, los acuerdos. ¿Dónde lo harán? ¿En Washington? ¿En el Pentágono? ¿O será en las Naciones Unidas y todos dicen que se pusieron de acuerdo pero la neta es que los gringos dicen OK, y nosotros nos quedamos con el número 1 y Afganistán con el puto 93? ¿Por qué Santiago es SCL y no SAN? Muy simple: porque San Diego, California, es SAN, por eso. Ellos nos robaron nuestro código. Santiago tiene mucha más gente que San Diego. ¿Y por qué suceden estas injusticias? Porque son americanos, por eso. Otra cosita: ¿por qué el código nuestro es 56 y el de acá es 52? ¿Por qué Andorra es 376 y Argentina es 54?

—¿Cómo sabes el código de Argentina?

—Yo sé muchas cosas. ¿Tú crees que yo soy inferior en CI a Roque? Tengo un CI distinto. No necesito leer y huevadas. Quizás a veces parezco tonto, Fran, pero te aseguro que no lo soy. Me hago el tonto cuando me conviene. Además, lo vi recién en ese teléfono público. Los tienen todos anotados. ¿Quién chucha va a llamar de Cancún a Andorra?

—...

—...

—¿Así que no eres tonto?

—No.

—...

—¿Te parezco tonto?

—Torpe.

—¿Torpe? Torpe pero graciosillo. Y mino. ¿Te parezco mino?

Álvaro le sonríe y ladea un poco su cabeza y achica sus ojos. Es una pose que ha practicado, que conoce y que, por lo general, le funciona. Es una pose que llega a ser auténtica porque es muy suya.

—Creo que te gustaría ser mino.

—¿*Ya...*?

—Casi lo eres pero no, no llegas; fallas por puntos.

Álvaro se sienta derecho y empuja su mochila a un lado, casi como si tuviera un micrófono secreto escondido dentro de ella y no quisiera que nadie escuchara o grabara lo que van a conversar a continuación.

—¿Te pasa algo?

—No.

—¿No?

—No.

—No te creo.

—No me creas.

—...

—...

—Oye.

—¿Qué?

—Qué te pasa.

—No me pasa nada. No es tema tuyo.

—Pareciera que sí. ¿Qué?

—Te aseguro que no.

—Dime.

—No es nada.

—Algo pasa.

—Quizás.

—¿Qué, Fran?

—Nada.

—...

—...

—Estás rara. Más rara que perro verde.

—Quizás soy rara.

—No eres rara, Fran; yo quizás, tú no.

—Hay poca gente tan básica y predecible como tú, Álvaro. Eres como el niño símbolo del tipo común y corriente.

—¿Qué onda?

—Nada.

—¿Cómo que nada?

—Nada. No pasa nada.

—...

—...

—Algo pasa.

—Siempre pasan cosas. El mundo funciona así. Gira. Contigo o sin ti arriba.

—¿Qué significa eso?

—Nada realmente.

—Sí significa algo. ¿Qué significa?

—Hay otra gente en el mundo además de ti.

—Ahora eres una demógrafa.

Francisca lo mira algo sorprendida. No esperaba esa respuesta.

—¿Qué? ¿No crees que conozco esa palabra? Claro, soy tonto. Soy un huea. Parémosla. Me está empezando a cansar este jueguito… Mira, me has estado tirando la foca desde que salimos del all inclusive.

—Del hotel.

—Del puto hotel que era bien como el pico más allá de la piscina y el mar ahí mismo. ¿Por qué me dices todas esas cosas poco simpáticas?

—…

—Puta, ¿crees que es muy agradable que te ataquen y te den como bombo, una tras otra? O sea, paremos de gozar. Sé que quieres volver a tu Santiago protegido. No es mi culpa que el avión esté en Belice, Fran. No es mi culpa.

—No dije que fuera tu culpa.

—…

—…

—Si quieres me quedo callado.

—…

—¿Quieres que me quede callado?

—A veces hablas mucho y no dices nada.

—…

—…

—Lo que pasa es que…

—¿No ibas a quedarte callado?

Álvaro calla. Con su mirada recorre todo el aeropuerto, tratando de fijarse en algo, buscando un elemento que lo saque de lo que está sintiendo en ese momento.

—Yo pensé que uno sentía cosas buenas cuando estaba enamorado.

—Uno siente cosas, uno siente de todo. No es lo mismo que estar volado, Álvaro.

—...

—Lo único que tenemos en común es estar en el mismo curso. En dos años más ni nos vamos a saludar en el metro. Jamás nos vamos a topar en una misma fiesta porque jamás iríamos a una misma fiesta.

—Cállate. Por favor, cállate, Fran. Puedes ser muy hiriente, ¿lo sabías?

—¿Hiriente? Tú, que destrozas todo lo que tocas.

—¿Qué? ¿Qué dijiste?

—Lo que escuchaste, huevón.

—¿Te he destrozado?

—Sí.

—¿Sí?

—Sí.

—...

—...

—Estás rara, insisto. Tú no eres así.

—...

—Quizás te agarraste un bicho, algo, no sé, una cosa tropical. Tú eres mucho más adorable y simpática que lo que estás ahora.

—...

—Ahora estás intolerable. Asesinable. Puedes ser muy, muy pesada y ácida cuando quieres. Eso no lo sabía. Ahora te conozco más.

—Por eso no es tan bueno conocer a la gente. Uno se topa con más de lo que quiere saber.

—...

—...

Los dos se miran a los ojos y se dejan de mirar y dirigen sus ojos hacia el exterior.

—...

—...

—Fíjate —le dice él, mientras con sus manos tapa el reflejo de las luces fluorescentes en los ventanales—. Esos jumbos parecen elefantes blancos, tal como en ese cuento que leímos en inglés.

—¿Perdón?

—Todos esos 747, uno al lado del otro. Fíjate cómo les cae la luz de la luna.

Ambos miran hacia las pistas. Media docena de 747 están con sus luces apagadas, alineados, sus alas casi tocándose, descansan detrás de la torre de control, a un costado de unos hangares levemente iluminados.

—Son como elefantes blancos a la salida de un circo o esperando desfilar, o quizás, no sé, están ahí, agotados después de haber corrido una estampida.

—...

—Me dan como pena. Un montón de dumbos que quieren volar a todas partes y no pueden.

—No parecen elefantes; parecen aviones sin destino, eso es todo.

—...

—...

—La primera vez que volé en un 747 estaba tan sobreexcitado que mi abuelo habló con la auxiliar y me permitieron pasar a primera clase y subir las escalas y ver cómo era el segundo piso. Era mi primer viaje en avión y volvíamos de Buenos Aires. Tenía doce.

—...

—Me acuerdo de que el capitán se me acercó y me preguntó si...

—Tengo que hablar contigo —le dice ella, interrumpiéndolo.

—Sí sé.

—...

—...

—Lo único que quiero es volver.

—Yo también quiero volver. Se me quitaron las ganas de estar acá. Tengo sueño. Quiero estar solo.

—¿Sabes lo que pasa? ¿Sabes lo que me está pasando?

—No, pero me gustaría saberlo para ayudarte.

—*Para ayudarte.* Buena. Nada. Que se acabó la fiesta. Se acabó mi juventud. ¿Te parece poco, Álvaro?

—...

—¿Te parece poco?

—...

—Me cagué la vida y para peor capto perfectamente lo que está pasando. Esto no es como en un cuento o una película. No es que me voy a dar cuenta después o voy a recordar que este instante fue clave. Sé lo que pasó, sé lo que está pasando y puta que sé lo que va a venir.

—Uno no puede predecir el futuro.

—¿Ah, no? Sí se puede. Me voy a transformar en todas esas minas que he pelado y de las que me he reído detrás de sus espaldas.

—...

—¿Sabes lo que me va a decir mi vieja? *Te cagaste la vida por caliente, por puta.* Eso me va a decir. Y va a agregar: *Y todo por un polvo.* Va a usar esa palabra, *polvo. No te gustó el polvo; ahora te vas a acordar de ese polvo por el resto de tu vida, ojalá haya valido la pena tu polvito.* Y si está muy enojada, y seguro que lo va a estar, quizás incluso sea vulgar, como lo fue con mi hermana cuando le pasó, y me diga: *Que al menos lo que te metieron haya sido grueso, que te haya hecho gemir como una chula de la tele, porque de que te gusta, te gusta; no creo que sea tu primera vez, suelta de mierda.*

—...

—Aún no sé qué le diré. No sé, no creo que valiera la pena, mamá, y sí, tienes razón, no fue mi primera vez, pero fue la primera vez con él, y no, no lo conoces, pero sí, es del colegio, no es un cualquiera.

—...

—¿Habrá valido la pena?

—...

—¿Lo pasamos tan bien, Álvaro?

—...

—No creo. No, no valió la pena. Claramente no valió la pena. Y cuando le diga que es tuyo, que ni siquiera es de Roque, y que todo esto es peor que una teleserie venezolana de la tarde, ahí estallará todo, arderá Troya y se pondrá a llorar, y yo también, y me va a dar una cachetada, seguro, me tratará de puta de nuevo, y yo tendré que callar porque mi hermano apareció así, sin permiso, no anunciado, pero ella siempre lo negará y se sentirá superior porque a ella nunca le interesó mucho el sexo, ni cree que una vida es una bendición, por eso no le importó hacerse todos esos *raspajes* —esa es la palabra que usará— cuando ya estuvo casada y por eso se ríe de las viejas que son anti-aborto y hablan de defender la vida, seguro que dirá algo así como: *¿vida?, ¿qué vida?, ¿qué vida importa más: una que no existe o la tuya o la mía?*

—...

—Yo sólo pensaré en El Colorado y la cordillera y los andariveles vacíos de noche bajo los focos y nosotros dos en ese camarote hirviendo por la calefacción y todos los otros en el living escuchando *Mysterious Waves*, que me carga, y *Drive* de REM, que es el tema favorito de Roque. No paraba de sonar el cd de *Automatic for the People*, ¿te acuerdas?, y yo mirando la nieve color mercurio por la ventana y...

—...

—... recuerdo perfecto el asco que me daba el olor que salía de ti y cómo estabas pasado a pisco y a humo y cómo tu pelo era asqueroso y grasiento y cómo mordías en vez de besar y parecías un tren atrasado que arrasaba con todo a su paso y cómo me pegaste sin querer con tu mano porque no cabíamos en ese camarote con sábanas de niño y ese cubrecamas de lana que picaba y cómo me caía tu cosa cremosa y pegote por las piernas y mis calcetines y cómo te dormiste altiro...

—¿Me dormí?

—... me acuerdo que pensé: acabó a la entrada, por suerte no tan adentro, y me urgí y pensé: puta que tenía harto acumulado, como un litro, y me dio como asco y te miré así desnudo, nunca te había visto así, en pelotas, me pareciste tan, no sé, tan poco romántico y anatómico y grotesco, y todo me pareció lamentable *de una*, un error, y me dieron ganas de vomitar, así que me fui al baño chico y vi un jabón Lux rosado, y me lavé y me metí los dedos bien adentro, como nunca lo había hecho, y luego sentí el pisco, y los pitos, y la raya que me convenciste que probara, y ahí sí vomité, con trozos y todo...

—...

—... cuando me lavé la cara vi en la puerta del baño un pijama de franela de Roque y luego me olí los dedos, pero no pude oler nada porque estaba pasada y sudada a ti.

—...

—...

—¿Estás bien?

—…

—Pudo ser mejor, si sé. Pero acá… acá ha sido distinto, Fran. ¿No crees?

—Aún no caes. No has entendido nada.

—Entiendo que no te gusto, que te doy asco.

—Sé lo que viene. Sé que ahora todo, todo, todo se va dividir entre antes y después de esa noche de agosto en que no paró de nevar allá arriba y yo le quise sacar celos a Roque al meterme contigo.

—…

—Lo supe anoche.

—…

—Supongo que para ti esto también es fuerte.

—¿Qué me estás diciendo, Fran?

—Que estoy atrasada.

—…

—Que no menstrué. Que estoy metida en el lío más grande de mi vida.

—¿Pero cómo…?

—¿Te acuerdas de las clases de biología? Eran ciertas. Basta un espermio y un óvulo.

—No puede ser.

—Puede. Vamos a ser padres. O sea, yo. Voy a tener un hijo por culpa tuya. Ojalá no salga como tú. Dios me proteja.

—¿Pero cómo…?

—¿Cómo crees?

—…

—…

—¿Dónde...?

—¿Dónde qué...? ¿Dónde mierda crees que ocurre?

—A ver, a ver, cálmate, Fran.

—Estoy calmada. Aterrada, angustiada, avergonzada, pero calmada.

—...

—...

—Esto es un error. Estás sacando conclusiones... Es por el viaje, algo he leído... quizás el calor. Los ciclos se alteran. Las hormonas se friquean.

—Fue un error, pero de que es sí es sí. No te hagas ilusiones que no.

—¿Te hiciste el test?

—No necesito. Lo haré mañana con la doctora si salimos de este aeropuerto infecto.

—No es infecto, es mejor que el nuestro.

—Cállate, concha de tu madre, pendejo estúpido.

—...

—...

—No puede ser, Fran. Insisto: ya te va a llegar. Pero nada, es una señal.

—¿Señal de qué?

—No hay que jugar sin protección.

—La señal es otra: va a nacer. Y si hay una moraleja es que no es bueno penetrar minas durmiendo. Puede ser hasta delito. Espero que aprendas.

—No estabas durmiendo.

—Dormitando. Estaba raja. El que dormía eras tú o al menos un buen porcentaje de ti.

—Los dos quisimos.

—Sí, pero los dos estábamos pasados. Cuando te di la pasada ni la pensaste. Eso pasa por no pensar.

—Esa noche no estábamos preparados. Yo jamás pensé...

—Yo nunca lo hubiera pensado. De eso hace un mes. Exacto. Estaba recién tomando pastillas. Me cambié de ginecólogo porque el primer huevón al que fui me dijo que conocía a un tío mío y... Me enredé. Estaba curada, por la puta.

—Yo estaba volado. Me pudiste haber dicho.

—Estaba aterrada.

—¿De qué?

—Es difícil de explicar.

Álvaro mira de nuevo los 747 en la pista. Debajo de ellos aparecen hombres de buzos naranjas que parecen liliputienses. Ve que llega un carro de remolque y se detiene debajo de uno de ellos.

—Apretemos pausa. No. De nuevo.

—No qué.

—Estos cahuines y escándalos no le pasan a huevones como yo.

—¿Y a mí sí?

—Al parecer, ¿no? Si lo dices tú. O sea... yo no estoy con el problemita... Te tengo que creer. A mí no me consta.

—Estás reaccionando peor de lo que pensamos.

—*¿Pensamos?*

—...

—Esto no estaba entre mis planes.

—¿Planes?

—Yo quiero más de la vida. No quiero ser un marido, ver tele, cocinar, mudar guaguas... tener que trabajar en cualquier huevada para pagar mil cosas que no me interesan, como colados y pañales y... a esta edad... quizás después... a los treinta... no sé... no nos metamos en algo que después no vamos a poder arreglar. No necesito ser un buen padre para ser una buena persona, una persona completa. Puedo ser algo sin tener que tener un lastre.

—¿Un lastre?

—¿Tú crees que esa guagua quiere tenernos a nosotros de padres? Le haríamos un favor. Quizás por un lado lo eliminamos y puede ser fuerte para ti y gore y traumático, lo sé, pero le vamos a salvar la vida. Ser hijo mío, no... no... yo no sé ser hijo, voy a saber ser padre. No me huevees. No quiero que él opine de mí lo que opino del mío...

—Sería nuestra chance para alterar el ciclo, para cambiar las cosas.

—¿Cambiar las cosas? Lo dudo. Complicar las cosas, más bien. Mira, fue una tontera mayor, un error, un condoro; una falta de precaución heavy, unos pitos, unos ataques de celos, qué sé yo, yo quizás no fui consciente, no fui maduro, no soy maduro, pero fue un accidente. *Un accidente.* Que no nos hunda, por la puta. Creo que si esto es una señal de alerta, la entendimos. La entendí. Y pido perdón.

Pero nos merecemos otra oportunidad. Tenemos que escapar de este desastre.

—*¿Desastre?*

—Apocalipsis. *Ahora.*

—...

—¿Ya lo sabe la cartucha hinchapelotas de tu madre?

—¿Lo sabe la tuya? ¿Y tu papá?

—No los metas a ellos. No tienen nada que ver. El huea que quiso meter más que la puta puntita fui yo. Yo quería... No sé lo que quería. Quería acostarme contigo. Quería sexo pero sexo contigo. Puta, era rico. Es rico. Supongo. Pero puta... me parece que esto prueba que el asesino de Dios sí existe por la puta y que el huevón no sólo es cartucho sino Opus y que, no sé, tiene sus trancas más o menos. Onda: caguemos a estos pendejos por calientes y porque pueden tirar y porque no tienen arrugas y se ven bien en la playa. Puta, hasta los curas son más dignos. Cuando se meten con pendejos no los dejan embarazados.

—Dios te va a castigar.

—Ya me castigó. Fuck him. Puedo vivir sin él. Puedo vivir sin mucha gente.

—...

—...

—Tienes que hablar con tus padres.

—Mis padres están separados. Córtala. ¿Qué tienen que ver? ¿Quieres llamarlos tú?

—¿Cómo que no tienen nada que ver? ¿Quién va a pagar la clínica, los doctores, la alimentación, la nana, el jardín infantil?

—¿Qué jardín infantil si no va a ir porque no va a existir? Hay que eliminarlo. Aborto, término, *raspaje,* como dice tu mamá, lo que sea. Y nada de adopción. Eso me parece peor.

—...

—...

Álvaro ahora se fija en que quedan dos aviones 747 y que los demás ya están en los hangares. Avanzan lento, de a poco, sin prisa.

—Me da lo mismo lo que pienses. Lo voy a tener.

—No puedes tenerlo. Si tanto te interesa la vida, piensa en la mía.

—No te metas en lo que no te corresponde. ¿Quieres ser papá acaso?

—Ni cagando.

—Entonces.

—¿Te quieres casar conmigo?

—No.

—¿Quieres que sigamos juntos?

—No creo que estemos juntos. La dura: ¿lo estuvimos?

Callan. Hay un solo 747 en la pista. Las nubes han tapado la luna. El avión está ahí, a oscuras.

—¿Tú quieres tenerlo, Fran?

—No sé. O sea, no pero sí; es lo que me toca. Tengo.

—¿*Tengo?*

—Tengo, sí.

—...

—...

—Piénsalo hasta que no tengas sesos. Haz lo correcto.

—Lo tendré. *Quiero.* Roque lo sabe y me apoya.

—¿Por qué lo sabe él? ¿Qué tiene que ver él?

—Entre otras cosas, porque debería ser de Roque y todo sería distinto. Sería mejor.

—¿Segura de que no es de ese friqui?

—Segura. Las veces que lo hice con Roque él tenía protección. Se cuidaba. Pero en ese paseo, en ese puto paseo al refugio de los viejos de Roque, yo jamás pensé que me iba a meter contigo ni que...

—Ni que qué...

—Ni que jugaría a ser tu polola por un mes. Era sólo para sacarle celos. Creo que deberíamos terminar, Álvaro. Al que amo y amaré y el único que me entiende es él.

—Perfecto. Pero terminemos todo.

—Aquí el que importa es Roque, es el único que importa, es él quien me va a ayudar y va a hacerse cargo y va a poner su nombre.

—Basta. Córtala. Me da lo mismo tu puta teleserie, me da lo mismo si quieres que no sigamos. ¿Tú crees que yo quiero salir a carretear con una mina embarazada? ¿Tú crees que esto es divertido?

—No.

—Si deseas no verme más, vale. Que me cambie de colegio, perfecto. Esto cambia todo. *Todo.* Tengo putos dieciséis. No sé nada, pero sí sé que las cosas no funcionan así. Para nada.

Terminemos, vale. Pero terminemos lo que está recién partiendo allá adentro. Esa cosa... Yo me hago cargo de todo. De todo. Todo. Si quieres te pago, te pago todo, te tomo la mano, te acompaño. Lo único que importa, Fran, es que no lo tengamos y que cada uno pueda olvidar esta pesadilla y que te cases o lo que quieras con Roque y yo sigo, me alejo, me viro. No puede haber un hijo mío por ahí, circulando. No quiero. No puedo. No me conviene. Por favor, sácatelo y yo me desaparezco. Me voy del país. Lo que quieras. Me pueden cortar la pichula si eso te hace feliz. Acepto. Pero no, no, no, no, no quiero que lo tengamos. Que lo tengas. No quiero a nadie con genes míos deambulando por las peores calles aunque tenga el apellido Arismendi o lo adopten unos gringos y se lo lleven a Nebraska. No puedo. No me dejaría tranquilo saber que hay una cosa mía caminando por ahí. Menos aún cuando tenga dieciocho y me quiera pegar. Esto es lo mejor para todos. Sobre todo para ti, Fran. Estás en tercero medio. Para qué quieres una guagua. Si quieres te regalo un perro.

—Cállate, imbécil. ¿No me querías?

—Sí, claro, por eso, por eso mismo quiero que cuando lleguemos a Santiago arreglemos esto. Sin que nadie sepa. Yo me consigo los datos, el dinero. No te voy a mentir. Esto es lo que yo quiero, pero también es lo que te conviene. Esto le pasó a... le pasó a un amigo. Me puede dar el dato. Y todo fue la raja. Limpio, sano, sin dolor, nadie supo. *Nadie.* Hay que abortar y listo. Mientras antes termine esta huevada y mientras menos se hable o mientras menos gente sepa, mejor.

—Lo quiero tener.

—No me huevees, Fran.

—Lo quiero tener. Creo que es hombre, además.

—No jodas. ¿Para qué?

—Es vida.

—No lo es. No es ni un feto.

—Sí lo es. Es vida humana.

—Es una puta cosa que nos quiere cagar.

—Es tu hijo.

—No es mi hijo. Y si lo es, entonces tengo derecho a opinar si quiero tenerlo o no tanto como tú.

—No voy a interrumpir o matar una vida humana. Un error no justifica un asesinato.

—Muchas cosas justifican un asesinato. Es legal, además. Asesinato en legítima defensa. Puta madre, crece. Atina. Desde cuándo tan beata, huevona.

—...

Francisca empieza a llorar.

—Si quieres llamemos al Roque. Va a estar de acuerdo conmigo.

—No. Él quiere tenerlo. Quiere ser papá. Sería de él, lo reconocería, él tiene plata...

—Fran, primero, Roque es medio gay. Eso dicen.

—¿Y...?

—Roque está jugando con fuego. Tú también. Insisto, esto no está pasando. Yo no me merezco esto. OK, soy un poco caliente.

No creo que sea el único. ¿Debo morir por eso? No lo tengas. Ten uno de verdad con Roque. Tengan ocho y los meten al Colegio Cumbres. Ahora existen las probetas y la inseminización...

—Inseminación artificial.

—Eso mismo. Ahora hay todas esas cosas. Fran, no se trata de Roque o de darle apellido o pagarle el puto colegio. Te lo repito, no quiero tener algo mío viviendo. No quiero cagarle la vida como me la cagaron a mí.

—Ándate. Ya tengo clara tu postura. No me sorprende. Era esperable. Estoy cansada.

—Yo también.

Álvaro se levanta y se ajusta las bolas.

—No me quiero sentar contigo en el vuelo.

—Vale.

—¿Te puedo pedir un favor?

—¿Qué?

—Dile a Roque que venga y tú... No sé... a ver si puedes averiguar cuándo llega el avión y si salimos o si nos van a mandar a un hotel.

—¿No quieres conversar más?

—No.

—No lo tengas. Por favor. Hazlo por mí.

—Haga lo que haga, no va a ser por ti, Álvaro. Pero no nos adelantemos. Veamos. Mi mamá al final tomará la decisión. Muchas cosas pueden suceder. Pero quédate tranquilo y cálmate y sigue con tus planes y tu vida. Tú no tendrás nada que ver.

Álvaro mira la pista. Ya no quedan aviones.

—Eso crees. Fran, siempre tendré que ver aunque no tenga nada que ver.

Entonces Álvaro se quiebra, se pone a llorar, a llorar de adentro, se apodera de él un terror, una pena, un pánico y una sensación de desgracia y de que algo muy grande lo está aplastando.

Álvaro se larga a caminar y caminar y caminar por los pasillos hasta que su paso se transforma en trote y trota y trota hasta que entra al baño. Antes de llegar a un WC vomita en el lavatorio y cae a la fría losa, donde no encuentra nada más que abrazar que el tarro de la basura y lo abraza y abraza hasta que se queda dormido.

Lo llama por teléfono.

Francisca mira por la ventana de su pieza y ve los prados y las canchas del Club Manquehue. Un equipo de rugby practica en medio de la neblina que cubre el pasto. Se adelantó el invierno. Casi no se ven autos transitar por las calles y eso que es casi mediodía.

Al otro lado del fono suena y suena la campana.

Francisca cuelga antes de que Álvaro conteste.

———

Francisca vuelve a discar, ahora desde el living. Está en el departamento de su madre, donde vive, pero que claramente no es el suyo; sabe que está —que están— de paso, albergados, a la fuerza. Detesta este inmenso lugar con suelo de parqué, ventanales que dan a los Andes y cuadros de naturalezas muertas que ella nunca colgaría. Siente que esta casa —este sitio— le es ajena, no le pertenece, la aprisiona. Aquí no es libre ni se atreve a invitar a nadie, ni siquiera a sus compañeras de la agencia de turismo donde está haciendo la práctica.

Esta no es su casa, es la casa de su madre y es ella —su madre— la que mantiene todo: desde la nana hasta la comida, pasando por el prekinder para su hijo. Francisca sabe que este lugar es el que la escinde, que la divide al ser hija y madre al mismo tiempo. En este octavo piso se siente más niña que adulta; es una apoderada que tiene una apoderada.

Su madre ahora está en el campo, en Boco; está allá con una tía y con Pablo, su hijo. Aun así se siente vigilada, no se atreve a tomar un jugo de más, a comer un yogurt por miedo a excederse, a aprovecharse del contrato no establecido entre ella y la que considera la dueña no sólo de esta casa sino de su destino. A veces siente que su madre es la madre de Pablo o, al menos, la que lo que está criando. No le gustan los cuentos que le lee, las cosas que le mete en la cabeza, la ropa que le compra.

Francisca cuelga.

Álvaro, el padre de Pablo, no está.

O no ha llegado a casa, piensa.

Seguro que la está pasando mejor que ella.

Sale a caminar.

Camina.

Ve a dos o tres tipos canosos que corren.

Se fija en el vaho que expulsan al respirar. Le gusta la ciudad así: vacía, gris, triste.

Francisca va a un Essomarket. En rigor es un Pronto Copec pero no hay forma de que deje de llamar a los servicentros de las bombas de bencina Essomarket aunque no sean Esso. Se acuerda del colegio, cuando aparecieron los primeros. Se acuerda del que estaba en el Canta Gallo, de uno en Eliodoro Yáñez. Piensa en el rito de comer hotdogs casi fríos con mucha mayonesa amarillenta y palta sintética, esperando o mirando el amanecer. Se acuerda de Álvaro con los ojos rojos por la marihuana y los dedos embetunados con ketchup; de Roque y sus bucles incontrolables confesándole sin pensarlo que «atinó» con un tal Borja en un local nuevo llamado Blondie por la Estación Central; de sus amigas íntimas del colegio que dejaron de serlo cuando supieron que estaba embarazada y nunca más la llamaron o la invitaron a salir.

«Puta la puta puta» era como se referían a ella.

¿En qué están esas?, se pregunta.

Ella les conocía sus secretos, sus caídas y excesos y sobregiros, pero éste, el suyo, ya no lo era; ahora era un ser pequeño con opiniones, deseos, demasiadas preguntas imposibles de responder, carencias que ya se asomaban como parte esencial de su carácter y una curiosidad tan infatigable como aterradora.

Hace tiempo que ese pelambre/comidillo escolar es un niño precioso con el pelo lacio y rubio llamado Pablo Celis Infante. Lo que la separaba de esas amigas, que alguna vez fueron «tan de-toda-la-vida», no era el pecado de quedar embarazada o de que todos supieran que ella tenía o había tenido sexo prematrimonial con uno de los tipos «más limitados y engrupidos del curso»; era otra cosa, algo quizás más doloroso y triste: ya no tenían nada en común, no sabrían de qué hablar, porque algo sí sucedió que la alejó de sus amigas para siempre. Todo el dolor, toda la vergüenza, todo el pánico que le implicó vivir algo para lo cual no estaba preparada la trizó y la hizo sentir que su vida terminaba y a la vez que todo partía el día en que Pablo apareció sin permiso y sin aviso dentro de ella. Se dio cuenta de que un hijo, un niño, una guagua, en vez de unir, de traer cosas buenas, de ser la luz en la vida de muchos, era, para ella —quizás porque era ella—, algo que no siempre tenía claro era lo correcto. A veces trataba de no pensar si Pablo le daba exactamente lo que debía darle. O de lo que le prometía le iba a dar. ¿Qué era exactamente lo que debía darle?

¿Qué estaban haciendo sus ex amigas ahora?

A veces pensaba en ellas. Algunas estaban terminando de estudiar alguna carrera importante; quizás dos o tres ya estaban casadas.

Una de ellas —acaso la más puta, sin duda la más promiscua— estaba en Chicago acompañando a su marido mientras éste trataba de sacar un posgrado. De pronto las echaba de menos. Ocurría al azar, cuando la sonrisa de Pablo y sus ojos no bastaban para consolarla. Cuando esos sábados invernales se estiraban más de la cuenta y captaba que lo único que tenía era Pablo y que incluso él se iría más pronto que tarde y que sí, era cierto, ella no tenía nada ni a nadie más y no hay nada tan desolador y deprimente en el mundo como mirar un televisor apagado durante horas intentando sacar fuerzas para al menos encenderlo.

———

¿Le gustaría ser libre, sin atados, tener una vida sin Pablo?

No, eso está claro: no. No le gusta su vida, a veces incluso la supera, nada ha salido como imaginó, pero no se puede imaginar nada, nada, nada, sin Pablo.

Para bien o para mal, Pablo.

Pablo, Pablo, Pablo.

Pablo Honey.

Francisca pide un café y un Sahne-Nuss pequeño. Le devuelven unas monedas. Deja una arriba del mesón que está al lado del ventanal. Mira cómo recargan de bencina a los autos, se fija cómo los padres jóvenes limpian los parabrisas, cómo las madres de buzo aprovechan la parada para ordenar y abrigar a sus hijos.

Familias nuevas, familias guapas, familias constituidas. Otras vidas, vidas que ella nunca tendría, pero que quizás habría tenido si todo hubiera sido diferente. ¿Sería más feliz? No lo sabe. Sí distinta, pero eso es otra cosa, así como esas vidas son otras vidas y esas vidas no tienen a Pablo.

A Pablo que tampoco es capaz de salvarla.

———

—Aló —contesta Álvaro al otro lado.

—Hola. Soy yo, la Fran.

—Sí sé. ¿Todo bien? ¿Pablo?

—En el campo, con mi mamá.

—Bien. A él le gusta allá, la pasa bien. Es como una aventura. Me dijo que tiene un perro ahí.

—No es de él, pero sí, hay un perro. Un labrador.

Francisca llama del teléfono público que está a un costado del Essomarket. Un tipo en una bicicleta pistera se acerca a ella, no la mira y empieza a inyectarle aire comprimido a sus delgadas ruedas.

—Tenemos que hablar.

—¿Pasó algo?

—No. O sea... quiero hablar contigo, Álvaro. Conversar.

—¿De Pablo..?

—Claro, de Pablo. ¿De qué otra cosa? —miente.

—Vale. Eh... ¿cuándo?

—Podría ser este fin de semana largo. ¿Vas a hacer algo?

—O sea, debería estudiar pero yo cacho que lo haré el domingo. Lo peor es estudiar durante los feriados. *Mal.*

—¿Cómo va eso, tus estudios? ¿El Vipro?

—Ahí. Mucho ondero junto cansa, pero bien. Tengo que diseñar un sitio web ficticio para un país real.

—¿Qué país?

—Montenegro; no sabía que era un país, yo cachaba que era una calle. ¿Tú? ¿Bien?

—Terminando la práctica. Te puedo conseguir rebajas para volar si quieres.

—Ahora se pueden conseguir en la red y son aún más baratos. Uno se salta la comisión de la agencia, sorry.

—Todo va a cambiar.

—Todo ya cambió. Pero mira, cuando tenga plata, te aviso. Como buen diseñador, se supone que debo peregrinar al puto MOMA algún día.

—...

—No hay nadie en Santiago —le dice Álvaro.

—Esta vacío, sí.

—Me deprime Semana Santa, aunque igual la radio está buena. Tocan puros temas lentos, depres. Han tocado *Creep* tres veces.

—...

—...

—¿Estás solo?

—Con la radio. Concierto. *Por el camino de la paz...*

Francisca mira a un adolescente de unos catorce años, con un walkman y una parka de plumas, sentarse en la cuneta. El chico saca un hotdog de un sobre de papel plateado y empieza a comérselo con toda la tranquilidad del mundo.

—En diez años más, Pablo va a tener quince —le dice.

—Y nosotros diez más también. Pero vamos a seguir siendo jóvenes. Pablo se va a sentir afortunado de tener papás jóvenes.

—¿Te sientes joven?

—*Muy.* ¿Tú?

—No.

—Fran, vas a cumplir veintidós el... el martes, ¿no?

—Sí. ¿Cómo te acuerdas?

—Bueno porque... porque eres la mamá de Pablo y... Me acuerdo, no siempre te llamo porque... ¿tú cachái? Pero sí, me acuerdo. De más. ¿Tú?

—Sé cuando cumples. Lo tengo hasta en mi agenda. Y no te llamo o saludo por lo mismo. Porque quizás... Oye... ¿sabes? Tengo como ganas de comer hamburguesas.

—Es Viernes Santo, Fran. Es pecado.

—Por eso.

—Bien.

—¿Quieres?

—Feliz pecaría. De hecho he pecado bastante ya. Pero no... Hoy no puedo.

—¿No quieres?

—No puedo nomás.

—¿Tienes una...?

—Tengo un compromiso.

—...

—...

—¿Un compromiso?

—Sí.

—¿Una cita...?

—No realmente...

—O sea *es* una cita.

—Mira, mañana podría, Fran. Mañana estará todo abierto además.

—...

—¿Puedes mañana?

—Hoy puedo. *Quiero.* Podemos ir a un Essomarket. Esos siempre están abiertos.

—De verdad hoy no puedo, Fran, pero hablemos. Hablemos de Pablo.

—...

—...

—Vale... Mañana entonces. Mañana.

—¿Dónde?

—¿El Arby's del Parque Arauco?

—Prefiero el Burger Inn. Es mejor. Le ponen tocino además. Hay uno que me queda cerca. Irarrázaval, un poco más abajo de Chile-España. ¿Lo conoces?

—Lo encuentro.

—¿A qué hora?

—¿A qué hora te vas a acostar?

—Podemos almorzar, Fran. Almorcemos. Almorzar es una buena idea. Rara pero bien...

—¿Rara?

—O sea, almorzar los dos. Pero nada... somos adultos. Algo. ¿Te parece a las dos de la tarde?

—A las dos, vale.

—Eso.

————

Abre un tarro de atún. Lo coloca en un bol. Pela un tomate y lo corta en trocitos. La Concierto suena en el tres-en-uno del living. Tocan temas lentos de fines de los ochenta. Francisca apaga la radio e inserta el casete grabado de *OK Computer*. Suena *Paranoid Android*. Lo escucha un rato. Sube el volumen. Regresa a la cocina. Empuja algo de mayonesa de la bolsa y la echa sobre el atún. Revuelve todo. El pan de molde integral salta de la tostadora eléctrica. El hervidor hace click. Se sirve un té. Termina el sándwich y coloca todo en una bandeja. Va a la pieza de estar, la sala de juegos de Pablo. Mira los vhs Disney, los legos tirados en la alfombra, los monitos Fisher Price. Enciende la televisión. En todos los canales abiertos hay programas religiosos. TVN transmite por enésima vez *Jesús de*

Nazareth, seguro que a la noche o mañana dan *El manto sagrado*. Deja la bandeja sobre una mesita. Va hacia el equipo del living y lo apaga. Regresa. Toma una frazada y se tapa. Se sienta en el sofá. Huele la frazada. Huele a Pablo.

———

Francisca se levanta de la cama y mira el reloj. Son las cuatro de la mañana.

Va al living y saca el casete del equipo.

Se acerca a la ventana y mira la calle. La neblina tapa todo.

Pasa por la licorera, se sirve medio vaso de Cointreau tibio y se lo toma de tres tragos.

Lleva el vaso a la cocina y lo lava.

Regresa a su pieza y busca en su clóset su walkman, que está escondido entre sus chalecos.

Inserta el casete y enciende play: *Exit Music (For a Film)*.

Piensa en Álvaro, en Pablo, en Roque. Se saca los calzones y los tira al suelo. Se levanta su camisa de dormir Barbizon. Se toca, de a poco, por fuera, leve.

———

Nada sucedió como pensó que sucedería, piensa. ¿Alguna vez sucede como uno pensó que sucedería?, se pregunta

Francisca está en la tina. Ha vaciado un frasco de espuma y otro de sal de baño verde. El calentador de aire eléctrico suena cada tanto, cada vez que la temperatura baja más de lo que el calentador cree que es una temperatura digna. De la radiocasete, con la que por lo general escucha *La grúa* mientras se ducha, ahora suena *Pablo Honey*.

Pablo Honey.

Pablo, my honey.

Nada sucedió como creyó que sucedería.

Las cosas ocurrieron mejor de lo que pensaba.

Su madre no le pegó, no la trató de puta, no se fue en su contra ni la obligó a abortar. Francisca prolongó las cosas para que el tiempo y la biología y la culpa funcionaran a su favor. El fin de semana, luego de que regresaron de Cancún, se escapó a Los Vilos a la casa de una tía de Roque. No le avisaron a nadie. Roque fue el de la idea y el que se hizo cargo de todo. La casa era de vidrio y estaba sobre un acantilado y parecía que el mar iba a quebrar los ventanales cada vez que estallaba una ola en las rocas. Del pueblo llamó a su madre y le dijo que estaba deprimida pero bien. Le pidió que la apoyara pero que no podía decirle en qué porque estaba en una crisis y que en las crisis es donde se mide la incondicionalidad.

—No estoy haciendo nada malo pero estoy mal, mamá.

Después manejaron medio día hasta que llegaron a unas cabañas vacías al lado del mar en bahía Inglesa. En el auto de Roque escucharon los casetes que Álvaro le hizo una vez, antes de que partieran al viaje de estudio: Compilaciones Tristes; Road Songs; *The Future;* Seattle Grunge Mix; *Dirty;* FNM; y uno llamado Placeres Culpables.

Se quedaron en Bahía Inglesa casi dos semanas. Conversaban hasta las cuatro de la mañana en medio de la oscuridad. Planeaban viajes, recordaban películas, destrozaban personas que les parecían mediocres. Dormían juntos, pero nada. Una noche ella comenzó a lamerlo mientras él dormía y su pene reaccionó, pero en eso Roque despertó y captó lo que estaba pasando y se enojó y salió de la cabaña y no volvió hasta la hora de almuerzo con el pelo mojado y lleno de arena.

Roque empezó a desmoronarse, a escaparse por las noches a Caldera, a tomar demasiado ron rasca, a jalar frente a ella.

Francisca comenzó a tener náuseas todos los días, a vomitar, a no tolerar los mariscos o el olor a pescado o a mar.

Regresaron.

No podía contar con Roque.

No podía contar con Álvaro.

Decidió apostar por su madre.

Al final, Álvaro le contó a su madre y ella le dio un cheque y el fono de un doctor. Álvaro llamó a Francisca y le dijo que tenían que hablar urgente. Ella se negó. Él le dijo que no iba a aceptar que lo tuviera. Ella le respondió que entonces tendría que matarla.

—Puta, feliz lo haría, perra egoísta concha de tu madre.

Álvaro se encerró en su pieza y se pegó contra el muro hasta sangrar. Luego estranguló su almohada hasta dejar toda su cama llena de plumas. No comió hasta bajar seis kilos. Unas semanas después, cuando todo estaba más calmado y no parecía que el mundo en efecto iba a llegar a su fin, Álvaro habló con su madre.

«Estaba volado y olía a pitos, *mal*», le contó luego a la Francisca en el Au Bon Pain. «Estaba hecho jalea; me sentí de cuatro. Estaba aterrado. Me fui a su pieza, bajé el volumen de la telenovela y le dije: mamá, la cagué, estoy cagado. Luego me tiré a la cama y me puse a llorar y a tiritar».

Eso es todo lo que Francisca sabe. Nunca lo han discutido a fondo y seguro —lo más probable— es que nunca lo hagan.

Una noche, muy tarde, sonó el teléfono en la casa de Francisca y la madre de Álvaro habló con su madre. Ésta trató de escuchar. Después, la madre de Francisca fue a su pieza y le contó quién la había llamado y que iba a cenar al día siguiente con ella en el Eladio.

—¿En el Eladio?

—Es de ese tipo de gente, supongo. Parrillera. Otra cosa: mejor no vayas más a clases hasta el parto. Debemos ver a qué colegio puedes ir o si existen clases de noche o algo. Para qué estar rodeada de hienas, ¿no te parece?

La noche siguiente su madre volvió a casa tarde, con olor a carne, lo que le provocó algo de náuseas a Francisca.

—Bien atinada la mujer. Me dio confianza. Ha tenido una vida de mierda, la pobre. Es parecida a nosotras. Todo va a salir bien, cariño, todo va a salir bien.

———————

Decide tomar un taxi.

No tiene auto; sólo tiene auto cuando su madre le presta el suyo y siempre es para cosas ligadas a Pablo: ir a dejarlo al prekinder, supermercado, doctor, cumpleaños.

Siente prisa por llegar, quiere llegar antes que él. Hace mucho tiempo que Francisca no ha estado con Álvaro a solas.

El arreglo al que llegaron («un arreglo extraño, Fran, qué quieres que te diga, pero bueno, es mejor que el niño no sea un huacho... No podemos tampoco depender de un mocoso que no sabe dónde está parado») le permite a Álvaro ver a Pablo un par de horas cada dos domingos, con la condición de que lo vaya a buscar y a dejar al departamento. Siempre a la misma hora. A veces ella despide a Pablo en la puerta y lo saluda, pero casi siempre es su madre la que se encarga del trámite.

¿Para qué iba a obligarlo a casarse?

Además, no quería casarse. Aún no quiere casarse. No todavía, no con él, quizás con otro, con alguien que quiera a Pablo tanto como a ella. ¿Para qué obligarlo a trabajar en cualquier cosa con tal de llegar a un monto de dinero que su madre generaba con sus puros intereses? No odiaba a Álvaro, odiaba a Roque, se odiaba a sí misma. Vengarse de Álvaro no venía al caso, no correspondía. No valía la pena. No importaba.

Para su sorpresa, Álvaro aceptó todas las condiciones y cláusulas. Todo a cambio de que tuviera su apellido, que se llamara Pablo H. y que pudiera verlo cada tanto.

—Poca gente en Santiago —comenta el taxista.

—Poca.

———

Francisca ya se daba cuenta: Pablo tenía hambre de padre. Se fascinaba cuando veía hombres, les decía papá a los protagonistas de las series de acción, los dibujaba a un lado de una casa y debajo del sol. En las multitiendas se arrancaba y trataba de robarse corbatas y calcetines oscuros. Una vez en un supermercado apretó un tarro de espuma de afeitar y se llenó la cara de crema y le dijo a Francisca que necesitaba afeitarse.

En la carrera de Turismo comenzó a coquetear con un chico alto de nombre Alejo, que no sólo quería ser dueño de un restorán o de un hotel «raro y cool», sino que estaba juntando plata para ir a París a estudiar en el Cordon Bleu. Alejo empezó a ir al departamento a hacer trabajos. Los dos se unieron en un proyecto para ver cómo se podía potenciar el Hotel Carrera. A Francisca le gustaba Alejo, le atraía, la hacía reír y pensar; la motivaba eso de que pudiera admirarlo. Las cosas partieron bien. Lento pero bien. Se besaron por primera vez en la cancha del Estadio Nacional durante el recital *Pop Mart* de U2 y, un par de meses después, en el Cine Lo Castillo, la hizo acabar con sus delgados dedos mientras miraban una cinta de volcanes que estallaban en medio de una ciudad. Dejaron de ser sólo amigos, pero tampoco eran lo que Francisca quería que fueran. La primera vez que se acostaron fue en el cumpleaños de una compañera donde él llevó de regalo un torta de peras y ricotta y a ella le pareció que Alejo Cortés-Monroy olía a mantequilla y galletas. Pero algo pasaba cuando iba al departamento: Pablo se sobreexcitaba. Una vez lloró a mares cuando Alejo tuvo que irse antes que el resto de las compañeras y empezó a pegarle fuerte en el muslo y a patearlo y decirle «malo». Otra vez no paró de amarrarle y desamarrarle los zapatos durante toda una tarde y luego se subía arriba de él mientras veían televisión y trataba de darle besos con lengua en el oído. En otra ocasión, mientras estudiaban administración de insumos, Pablo le llevó un dibujo de un niño y un hombre y le preguntó a Alejo si quería ser su papá.

—Pero si ya tienes uno.

—Pero quiero uno de verdad, que me guste.

Un domingo en que la madre de Francisca estaba en el campo, Alejo quiso prepararles a los dos unos huevos benedictinos. Pablo lo insultó, tiró los huevos contra el refrigerador y le dijo que las mujeres cocinaban, que los hombres no y que se fuera de la casa. Pero lo que quizás terminó de estirar la cuerda fue cuando Pablo entró al baño de visitas mientras Alejo orinaba. Pablo empezó a mirarlo y luego trató de hacer pipí en la taza pero no alcanzó y terminó meando los jeans de Alejo.

—Fui torpe; se me olvidó colocarle pestillo. De verdad no le hice nada, Fran. Fue él que ingresó, no me di cuenta hasta que era muy tarde y tenía las manos ocupadas...

—El que se desubicó fue Pablo. Perdónalo. Es culpa mía. Yo debería saber...

—Creo que soy muy joven para ser... Pablo claramente necesita atención y... No creo ser la persona para cumplir ese rol. Hay otras cosas que deseo cumplir antes. Lo hemos conversado. Yo quiero llegar lejos y... Es un gran chico pero...

—Sí sé. Gracias igual. Quizás es mejor vernos a solas, en la calle.

—Quizás es mejor no vernos tanto... O sea, en el instituto, claro, pero... Tú me entiendes, ¿no?

—Te entiendo y...

—Quizás debería ver más a su padre...

—Quizás debería verlo más, sí.

———

Francisca ve a Álvaro de inmediato y eso que está al menos a dos cuadras de distancia. Camina por Irarrázaval hacia el poniente por la vereda sur y desde donde ella está capta que es él y que anda con un canguro verde y un chaquetón corto gris oscuro.

Esta es la primera vez que va a almorzar con él en años.

Quizás la última vez fue en el mall de Cancún, en un Friday's. Luego, se juntaron en ese café, en el Au Bon Pain de Providencia con Marchant Pereira, donde no conversaron casi nada, pero donde sintió que no la odiaba y que ella tampoco lo odiaba a él y hablaron acerca del acuerdo y lo que estaban planeando las madres de cada uno.

Unos días antes de que Pablo naciera le llegó un ramo de flores y una carta de Álvaro escrita con su buena caligrafía de futuro diseñador donde le decía, entre muchas cosas, que le deseaba suerte, que tenía la certeza de que todo iba a salir bien, que «Pablo» iba a nacer sano, que esta «ceremonia y momento clave» era de «ella y del chico y de la familia tuya, que, al final, va a ser su verdadera familia, la que va estar con él para los momentos importantes...».

... como me dijiste, Fran, esto es bueno para todos, pero sobre todo para él: Pablo... Sí, Pablo... así tiene/debe/necesita llamarse: Pablo. Pablo H. Tal como te dije en el café de los croissants cuando nos juntamos. Te aseguro que es un buen nombre, un nombre normal, no de moda, y además viene de un lugar especial, de un gran disco, de un clásico... Es lo único que te pido: que se llame Pablo, Pablo H. Celis Infante, nada más. Pablo por *Pablo Honey*. Será nuestro código, de los dos y luego de los tres, algo que nadie sabrá. Sé que este niño no nació del amor, pero sé que lo vas a querer y yo ya lo quiero y quiero que tenga onda y seguridad y que sea mucho mejor que yo... Fran: no estaré el Día D por respeto, vergüenza, y porque cacho que nada que ver; para qué vender la pomada de la familia que no seremos... Pero eso no implica que Pablo no tendrá una madre de puta madre y un padre raro, quizás más un «tío», como me dijiste, un tío buena onda, quizás tocado, alguien que quizás no quiere crecer como me dijiste o no quiere madurar (ojo: recuerda que igual tengo 17 y que para más remate soy hombre). ¿Cuántos tipos de mi edad son en efecto maduros o dignos o decentes o de fiar? Quiero que sepas que no es por flojo o tarado o porque no quiera trabajar o estudiar durante noventa años un posgrado, sino que no sé, no quiero ser como los demás. Cacho que no soy como los demás, no me interesa ser como la tropa de mediocres que desperdician su vida y no quiero que Pablo, aunque no soy nadie para opinar, tenga un padre o un tío como el resto...

Me gustaría, Fran, que le quedara claro que siempre estaré y voy a estar a su lado aunque esté lejos, que lo defenderé y estaré de acuerdo con él aunque mate gente o sea como sea o tenga gustos musicales como el pico, que nunca lo traicionaré, aunque me decepcione, mi lealtad con él es y será a toda prueba y no tiene nada que ver con lo que pasó o no pasó entre los dos... Sé que lo voy a herir y me va a odiar y lo voy a decepcionar y le haré falta y me echará de menos, pero, de verdad, lo que me importa, lo que quiero decirte antes de que Pablo llegue al mundo, es que tengo más o menos claro cuál es mi rol: aunque sea de lejos creo que es clave que sienta que lo quieren, que yo lo querré y protegeré, que somos socios, aunque nadie más lo quiera (algo que no creo que suceda... sé que tú y tu madre y tus hermanos y mucha gente lo querrán, pero tú sabes a lo que me refiero...). Quizás no podré ayudarte mucho o ayudarlo a él... económicamente... y de otras formas... Quiero poco, y por eso quizás no soy la persona que necesitas, pero no soy un ser indigno, o que necesita ir al psiquiatra, y tengo claro que él algún día me querrá hacer preguntas o me necesitará y quiero estar ahí o que me permitas estar ahí... Nada... Me da miedo, te admiro, me cago de miedo y me iré... me iré en bus a San Pedro... me iré solo... Lo iré a ver en un par de semanas más... Mi mamá tampoco irá pero hablará con la tuya y sabré todo, pero ya sé que todo saldrá bien y ya sabemos que viene sano. ¿Sería freak que nazca el 21 de mayo? Onda Arturo Prat, Combate Naval de Iquique. Si nace el 21 —trata que nazca ese día y no el 20, como dice el doctor— será un héroe, un campeón, será nuestro héroe... y siempre su cumpleaños caerá en un feriado...

Eso...

Sé que todo es raro y poco común o quizás es más común y nada... Puta, mi mamá y tu mamá cambiaron o se la jugaron...

Yo aún te quiero y dentro de lo que sé que es querer... o de lo que me imagino que es, ya quiero a Pablo...

Recuerdo todo lo que dije, sé que he sido un huea y que dije cosas, insultos, por los cuales merezco ser torturado por la CNI, dije cosas que nunca, nunca, nunca, nunca olvidaré ni olvidarás y no te voy a decir que no las sentí o que no son verdad. Me sigue aterrando saber que hay alguien que es parte mía que circulará por el mundo y que será dañado, decepcionado, que tropezará y que yo nunca podré ayudarlo como se merece, pero eso es como la vida, a todos nos toca, a mí me tocó y...

No era odio hacia Pablo Honey ni a ti...

Quizás era odio a mí, a mis temores, a mis planes, a que...

Era miedo: puro, destilado, hediondo; el miedo que oxida y te paraliza y te quita el hambre.

Nada: los dos queremos una vida, la vida que queremos no es la misma, pero ahora cacho que también queremos a Pablo y si bien tú serás su madre y padre a la vez, cuenta conmigo con lo poco que podré darte/darle y aunque no estaré para hacerlo dormir o para jugar con él o leer cuentos, cuando sea más grande, tendremos onda y yo al menos estaré siempre orgulloso de él.

No sabes cómo lo quiero, no sabes —no te imaginas— cuánto te agradezco a ti y a tu mamá que hayan tomado la decisión correcta, la decisión de nuestras vidas...

Aunque tenga diecisiete y aunque esté en cuarto medio, una cosa sí sé: no seré el mejor padre pero no seré como el mío.

Eso, creo, ya es algo.

Ah, y Pablo será cool, le pasaré buena música, no será un nerd...

Suerte, felicitaciones, y todo eso.

A.

—¿Y qué vas a hacer después?

—Ver tele —le dice Álvaro—. O sea, un vhs. Quizás pase a arrendar algo. Estoy chato con las historias católicas. Ya sé que matan a Jesús al final. ¿Tú?

—No sé... Es raro cuando me quedo sola. Detesto el ruido de Pablo y cuando no está el silencio me atraganta, me aterra.

—Yo cuando Ariel, mi roommate, no está, gozo... Me siento liberado... No sé... Y eso que es buena onda, rebuena onda pero... no sé... es complicado vivir con gente...

—Es complicado vivir con uno.

—La dura. Pero lo que es más... lo que te destroza y te hace pico y... No, nada...

—¿Qué?

—No, nada, en serio... no tiene importancia.

—Me importa. Qué.

—Es como privado.

—Por eso... o sea, si quieres...

—Yo también siento ese silencio, esté o no esté Ariel o su polola, o amigos... Cuando regreso a casa después de dejar a Pablo en tu casa, es como si la ciudad se quedara en silencio y lo único que escucho, lo único que siento, es cómo me destrozo por dentro, cómo me lleno de pena y de náuseas y de una sensación de impotencia y desgarro como si...

—Como si...

—Como si me sacaran un trozo... Es raro... es tonto... pero cada despedida me hace pensar que a veces es mejor ni verlo porque cuando lo veo, cuando nos juntamos y lo paso a buscar, sé que la despedida llegará en un rato más, en un par de horas más... y todo se vuelve infernal y no puedo dejar de pensar en el reloj, en los minutos que faltan y como que me voy, me borro, dejo de estar con él cuando estoy con él, y no es de ido, es por pánico, es por... A veces me es más fácil saber que está bien pero lejos que tenerlo por ratos y que se me escape y ver que crece, crece, crece y que antes que lo sepa ya va a estar grande, y ahí sí que... ¿Me entiendes?

—...

—...

—...

—Pero poco a poco las cosas cambiarán. Para mejor. Igual es bueno que crezca, que hable, que sepa usar el computador. Ya pronto podrá alojar en mi casa y luego podré tener los miércoles y me tocará ir a dejarlo al colegio y nada... Vendrán tiempos mejores. Según el acuerdo, algún día hasta tendré vacaciones con él, podremos veranear juntos... viajar... Me gustaría llevarlo a la selva o a un safari...

—...

—¿No te vas a comer esos anillos de cebollas?

—No.

—¿Puedo?

—Están helados.

—Caminemos entonces. Necesito aire. Quedé medio tocado.

—Vale.

Se levantan, botan los papeles y vasos que están en sus bandejas en el basurero y salen a la calle. Francisca nota que Álvaro tiene restos de papas fritas en los pelos de su pera. Se acerca y con su mano se los limpia.

—¿Qué?

—Tenías restos.

—Me pudiste decir y...

—Sí, pero quería...

—Gracias.

—De nada.

—...

—...

Francisca mira a Álvaro y éste trata de mirar hacia otro lado porque capta que lo está mirando.

—Te pareces a Pablo. Tiene tu misma nariz.

—...

—Está helado. Refrescó.

—Sí.

—...

—Ah, esto es para Pablo, casi se me olvida.

Álvaro saca de su mochila una bolsa de plástico de supermercado llena de huevitos de chocolate de distintos colores.

—Para mañana. Como no me toca. Para que tenga.

—Seguro que recogerá muchos en Boco, pero sí, se los paso cuando llegue.

—Puedes dejárselos en su cama. Dile que son del conejo. Aún cree.

—...

—¿Quieres que caminemos hasta tu casa?

—Está lejísimo —le responde Francisca.

—Ni tanto. A veces voy en bici y me quedo abajo y miro la ventana de la pieza de Pablo y... Quizás no debí haberte dicho eso.

—Me gustó que me lo dijeras.

—...

—...

—No hay mucho que hacer en un día como hoy —comenta Álvaro.

—Sí, nada. Quizás podríamos ir a tu casa. No la conozco. Está cerca, ¿no?

—Viven dos hombres. *Mal.*

—¿Me invitas?

—¿A mi departamento?

—Sí.

—No sé. No sé si sea tan buena idea.

—¿Te da vergüenza?

—No.

—Además, es la casa donde va nuestro hijo cuando sale contigo.

—Igual lo llevo poco porque... Es un poco indigno.

—Lo dudo. Además, me da curiosidad. Vamos un rato. Podemos llevar algo, no sé. Pasamos a comprar algo. ¿Tienes algo para tomar?

—...

—...

—Un rato, no hasta muy tarde —le responde Álvaro—. Y sí, creo que tengo para tomar...

—¿Vamos?

—Es por acá. Cinco cuadras. ¿Vamos?

—...

—¿Te pasa algo?

—...

Ella lo sabe. Lo tiene claro y lo siente tan dentro suyo como siente sus huesos. Algo pasa. ¿Es bueno o es malo? ¿Quiere de verdad hacer lo que va a hacer? ¿Qué de verdad quiere que suceda?

—¿Fran?

—Creo que es mejor... Creo que es mejor que me tome un taxi. Que me vaya. ¿Qué crees?

—Supongo que sí. Quizás sea mejor.

—...

—Fue bueno verte, Fran.

—Sí, fue bueno.

Justo en ese momento aparece un taxi.

—Mira, ahí viene uno.

Blas va tocando con su dedo índice la frente de Álvaro hasta que lo despierta.

—Hey, ¿estás ahí?

Álvaro duerme profundamente pero no sueña. Está en esos períodos en que, cuando sueña, sueña sobre gente conocida, con nombre y apellido, y casi siempre tiene que ver con traición. Eso no es soñar; es proyectar o no dormir bien. Ahora sin embargo duerme.

Ronca.

Álvaro tiene puesto un polar gris manchado con cereal y café. Blas está en calzoncillos importados tipo boxer pero stretch, rojos. Su piel está bronceada por el sol de la cordillera. Blas ahora quiere ser campeón de snowboard.

—Hey, bro, ¿hay alguien allá dentro?

Álvaro insiste en dormir pero ya está conectado con el exterior.

—¿Qué? Déjame, huevón. ¿Qué puta hora es?

Blas es el tipo de tipo que se cuida y se echa cremas. Es clave hidratarse, le dice, después te vas a arrepentir. Álvaro no lo tolera pero lo tolera. Viven juntos por casualidad o conveniencia. Álvaro cree que es mejor vivir con gente con la cual uno no tiene nada en común. No hay que vivir con amigos si uno quiere mantener la amistad, le sentenció a una chica con la que salía y no salía a la vez. Ella, que estaba comiendo pulpo al olivar, le dijo que lo que él acababa de decir le sonaba como a esas frases que escupen en seminarios de emprendimiento o liderazgo. Álvaro le respondió que lo había aprendido por experiencia propia. Ella le dijo que entonces debería vivir solo. Él, en una suerte de desliz, le confesó que le daba miedo.

—Necesito tu ayuda, Alvarillo. Despierta.

Álvaro desprecia a Blas. Cuando está inseguro, despreciarlo le da una cierta fortaleza. Antes, Álvaro iba a bares con él porque algunas mujeres miraban a Blas y se le acercaban; la calentura de ellas a veces lo salpicaba o, al menos, eso sentía, y terminaba conversando de algunos temas relacionados con el planeta Blas. Hubo una época en que no necesitaba estar cerca de gente como él para conquistar; ahora siente que nunca más va a volver a tirar en su vida. Lo peor es que tampoco le importa tanto.

—¿Estás despierto? ¿Despertaste?

—No.

—Cómo que no.

—No.

—Entonces no podrías responderme.

—Ándate. Es mi pieza.

—Tu pieza es mi pieza, *compadre*.

A Blas le gusta eso: hacer voces y acentos que ha escuchado en una de las treinta películas de acción que ha visto en su vida.

—Huevón, sale. No tolero que me miren dormir. Es privado.

—Entonces atina.

—Ya, qué quieres, culeado.

Álvaro sabe que Blas no es buen actor y que a lo más lo llaman para telefilmes de parejas que se engañan en clave de comedia, nunca para las novelas estelares nocturnas. Ha filmado dos películas y las dos eran comedias eróticas donde salía casi en pelotas y engrasado, follando con actrices mayores, pasadas por las navajas de los cirujanos plásticos de la plaza. Ahora hace teatro cómico burdo con títulos supuestamente ingeniosos y de doble sentido para un público ABC1 inculto que circula por Bellavista. Blas estudió dos años Teatro en un instituto del cual nadie famoso ha surgido; ahora es el profesor más admirado del recinto y está a cargo de la cátedra de voz. Por lo general, se tira a tres o cuatro alumnas de primer año por semestre. La leve celebridad de Blas se debe a un comercial de desodorante en el cual muchas rubias siliconizadas lo persiguen por una disco al ritmo de KC and The Sunshine Band. Fue tal el éxito de la campaña que ahora filma dos comerciales al año, uno para cada temporada, como si fuera una saga. Durante el verano las axilas desplegadas de Blas aparecen en todos los paraderos de la ciudad.

—Guachito, ¿tienes condones? Me quedé sin —le dice Blas, susurrando.

—Huevón, ¿qué hora es?

Álvaro no se levanta de la cama, casi no despega su cara de la almohada.

Blas enciende la luz del velador.

—¿Tienes o no tienes? —insiste Blas—. Apúrate.

—No, ¿me crees farmacia? —le responde—. Estoy en veda. Ya, ándate.

—¿Qué hago?

—Inventa, improvisa.

—Prefiero seguir el libreto, guachón.

—No me digas guachón, culeado. Déjame dormir.

—Puta, vos nunca celebras mis triunfos. Yo creo que soy más amigo tuyo que tú de mí.

—Puede ser; de más —le responde con los ojos cerrados, mientras Blas abre y revisa el cajón del velador.

Blas se levanta y camina unos pasos.

—¿Es mayor de edad? —le pregunta curioso, con un dejo de celos.

—Sí, pero igual está rica.

———

Esta es la casa: una casa vieja, de dos pisos, un chalet que cruje y que ha soportado bien varios terremotos. Una casa de dos pisos que se alza entre la chatura métrica y arquitectónica del barrio. Tiene el suelo de parqué no vitrificado, ventanas con marco de madera por donde se cuela el frío precordillerano, un patio interior mal cuidado con malezas y un limonero que da limones que nunca han sido cosechados. Hay tres cuartos amplios, uno de los cuales está vacío porque el sociólogo que vivía con ellos jugaba Playstation toda la noche, no se lavaba nunca el pelo y hablaba solo; Blas lo echó porque sentía que no era un aporte para «el hogar» y porque se negaba a sacarse los zapatos cuando traspasaba la puerta de entrada.

———

Álvaro considera que la casa no está mal, pero siente que no es su casa.

Su casa es su pieza.

Un tipo y su pieza.

Una pieza sencilla, más bien exigua, angosta, justa. Franciscana, según él. No ha colgado ningún afiche, sólo tiene sus libros en unas repisas compradas en Home Center. Una puerta de madera clara lijada hace de mesón. Álvaro, a veces, está horas ahí frente a su laptop. Álvaro siente que esta casa —esta *pieza*— es sólo por un rato.

Siente que está de paso.

Tiene claro que no va a estar toda su vida.

Estoy acá por un tiempo, se dice.

Álvaro lleva casi tres años encerrado en su pieza.

———————

Antes de dormir, antes de que lo despertara Blas, Álvaro pensó en esto: más que agotarse de sí mismo, a veces se cansa. Está, más que nada, decepcionado. Algo. No tanto pero ni tan poco. Hubo un momento en que pensó que las cosas serían de otro modo. A menudo siente que gasta mucha energía buscando energía. La meta es no hundirse. No es que la pase tan mal, pero tampoco la pasa tan bien. Sigue. Aguanta. Acepta. Álvaro cree que la mayoría de la gente es como él, pero no se dan cuenta o no quieren asumirlo. O quizás no. Álvaro, en rigor, no sabe cómo es o cómo se comporta la otra gente. En todo caso, su vida podría ser peor. *Mucho* peor. Al menos no es Blas. Cinco años antes, la idea de tener una vida como la que tiene ahora lo hubiera aterrado; hoy le parece que, dentro de todo, es afortunado y hay gente más patética y más sin vida que él. Físicamente sus temores se han cumplido: se ha convertido en un paté, de esos PF de jamonada bien apretados. Tirantes. Sobre todo cuando anda con poleras con logos en inglés que —de pronto— empezaron a quedarle apretadas. Blas usa poleras dos tallas más chicas. Blas se gusta y se disfruta; lo pasa bien consigo mismo y adora y exhibe su cuerpo. Lo bueno de ser diseñador gráfico, piensa, es que puede crear cosas que tengan una cierta estética sin que él tenga estética alguna. Alguna vez, hasta hace poco, la tuvo, cree. Parecía un adulto-joven que tenía poco de adulto. ¿En qué momento cumplió treinta? ¿Alguien que ya tiene treinta y dos debería compartir casa con alguien que desprecia? Álvaro confía en que pronto, algún día, va a cambiar. Volverá a enrielarse. Quizás después del recital de NIN en octubre en el Arena Santiago, piensa. Los créditos hipotecarios están botados; sale menos comprar un departamento chico con piscina en el techo y vista a miles de ventanas que arrendar esta pieza. Basta tener un contrato y él tiene un contrato. Quizás en la misma inmobiliaria le darían un descuento pero tendría que quedarse a trabajar ahí. Eso lo atrae menos. Sí, tiene que organizarse, mejorar, partir de nuevo. Se comprará una bicicleta o ingresará a un gimnasio. Quizás podría nadar. Pero no ahora, menos en invierno. Álvaro piensa en el próximo verano y en sus vacaciones. Las últimas las pasó bajando películas en su cama, sudando, en calzoncillos, comiendo duraznos y guindas, mientras Blas se fue con unos amigos nuevos a la isla Juan Fernández a grabar un corto que lleva meses en posproducción. Álvaro, a veces, piensa en todo esto y en su no vida mientras almuerza en locales de comida rápida en el centro, cerca de la inmobiliaria donde trabaja. Álvaro almuerza solo. Los viernes escucha un radioteatro argentino sobre veinteañeros modernillos que baja por podcast. Le gustan los viernes porque los fines de semana puede quedarse encerrado y no ver a nadie, pero quizás lo mejor, lo que más lo conforta, es que nadie lo vea a él.

Álvaro mira la radioreloj: 4.44.
Se levanta y mira por la ventana.
La abre.
El frío lo corta, su respiración aparece como humo.
Mira los techos de las otras casas: muchas tejas. Ve algunas luces. Ve los edificios del centro de Santiago brillar más allá. Ve el célebre y eterno letrero luminoso de champagne Valdivieso insistiendo que la vida puede ser una fiesta o, peor aún, un puto carnaval.
Álvaro escucha los exagerados ruidos que emanan de la pieza del lado.
La risa de una mujer joven se confunde con los quejidos de Blas que pareciera estar negándose a que lo zurzan o algo así. El soni-

do es amplificado e ineludible; patético y poco creíble.

—Cálmate, no es una de tus porno-comedias, imbécil saco-de-huea —dice en voz alta.

Blas acaba con un grito.

Álvaro escucha como la chica aplaude.

———————

Álvaro está en la tina; se ha lavado el pelo pero le queda algo de champú. Está como muerto, lateado. Mira como una esponja insegura flota. La lámpara del techo está apagada pero igual entra una suave luz azul enfermiza.

Ingresa Carla.

Tiene unos cinco años menos que él.

Se cuela sin golpear y cierra la puerta con el seguro.

Carla anda con una polera blanca desteñida que dice Helvetica.

Está sin calzones.

Carla no intenta taparse y se sienta en el suelo, en la alfombra de toalla.

Lo mira.

Se miran.

Carla agarra los calzoncillos de él y juega con ellos.

Los huele.

—Tanto tiempo. ¿Me has echado de menos?

Álvaro intenta taparse pero está complicado, no puede, no hay caso.

No hay espuma como en las películas.

Corre la cortina, transparente, manchada con meses de salpicadas de jabón y bálsamo.

En todo caso se conocen.

Se conocen mucho.

Deja la cortina hasta la mitad, para que no bloquee o distorsione la visión.

—Hace tiempo que no te veía —le dice.

—Mucho. Desde ese febrero fatídico.

Silencio.

—¿No me digas que tú eras la que estabas con..?

—Blas. Sí.

—¿Blas?

—Mr. Desodorante, sí.

Se miran.

Silencio.

—No puedo creerlo.

—Créelo.

Silencio.

—Esa polera es mía, ¿no?

—Era. Me la regalaste, Álvaro. Antes me regalabas muchas cosas.

Es cierto, se la regalé, piensa. Se la presté-regalé hace mucho. Le gustaba que se pusiera o usara cosas suyas: camisas, poleras, bufandas, una parka, boxers, chalecos.

—Te la presté —le dice.

—Me la regalaste —insiste Carla—. Antes me regalabas cosas. Muchas cosas. Tonteras, pero cosas bonitas también. ¿Te acuerdas de ese gorro peruano que me trajiste de Salta?

—Antes estábamos juntos. Éramos pareja.

—Nunca fuimos pareja, Álvaro, fuimos pololos.

—¿Pololos? Pensé que fuimos más que eso. *Mal.*

—¿Desde cuándo tan siútico? *Pareja.* No jodas.

—Por eso terminamos —le dice, haciéndose el fuerte, el seguro—. Nunca supimos lo que éramos.

—Quizás, pero nunca fuimos pareja. *Nunca.* No me presentaste a nadie.

—No tengo a nadie a quien presentarte.

—Ya, pero a... tu círculo.

—¿Círculo? No me huevees. Te presenté a Blas.

—Yo me presenté. Pero dale, da lo mismo. ¿Cómo estás?

—¿Cómo crees?

—Mojado.

—Supe lo de tu mamá pero tarde... como unos meses después. Lo siento.

—No es tu culpa.

—¿Te afectó?

—Ya pasó. No sé. Sí y no. *Mal.*

—Igual quizás puede ser bueno para ti. Puede ser una liberación. Ella, yo creo, te chantajeaba inconscientemente.

—No hables de cosas que no sabes, te lo ruego.

—Por lo menos ahora no tienes que pensar que tienes que ir a verla o llamarla. Ahora puedes vivir con menos culpa.

—¿De qué chuchas estás hablando?

—De nada. Da lo mismo. No vine aquí para saldar cuentas.

—Puta, menos mal.

—A mí me odiaba, en todo caso.

—No te odiaba, Carla, no te conocía.

—A ti tampoco te conocía.

—Yo no la conocía, nadie la conoció, pero nada... me da lata hablar temas privados contigo.

Silencio.

—La pasábamos bien, ¿no?

—A veces —le miente, porque nunca, quizás, la pasó mejor que con ella.

—Nos reíamos, conversábamos. Siempre teníamos tema.

—No lo recuerdo tan así, Carla. ¿No estarás pensando en otro de tus tantos amores, de tus relaciones tan intensas? Siempre estábamos reconciliándonos. Me cargaba eso. Reconciliarse agota.

—El sexo reconciliatorio es tierno.

—Es demente. Lo odio. Es para calmar la violencia. Lo que más hubo entre nosotros fueron peleas o tratar de pensar qué estabas pensando de mí. Siempre me daba la impresión de que o te daba muy poco o que estabas enojada o que sentías que te ocultaba algo.

—Cállate, huevón. No quiero pelear.

—Yo tampoco. Por eso es mejor no vernos. Nunca más. Nunca más.

—Creo que jamás tuve un amigo como tú, Álvaro. ¿Tú crees que es mejor tener un buen amigo que una pareja ahí nomás?

—No digas pareja, basta.

—*Compañeros.*

—Peor.

—Sí, es cierto. Perdona.

—Perdonada.

Se sumerge. La mira desde debajo del agua. Ella lo está observando. Carla corre un poco la cortina de plástico pero él sigue hundido, aguantando la respiración, con serias ganas de ahogarse, de quedarse abajo, en el fondo. Está empezando a aclarar. Se fija en sus dientes delanteros, las paletas levemente separadas. Se ve increíble, piensa. Sin maquillaje, a esta hora, despeinada, con esa polera, su polera. Se ve impresionantemente joven y nueva y sin ningún pasado o tropiezo.

¿Cómo mierda se fijó en mí?

¿Por qué anduvo conmigo?

¿Tan poco se quería?

———

—Con razón terminé contigo —comenta después de unos minutos muertos—. No entiendo cómo funciona tu cerebro.

—Quizás no funciona, Carla.

—Funciona, eso es lo malo. A mil.

Eso es más o menos verdad: lo conoce. Lo conoció. Se fijó en él. ¿Lo habrá querido? Le caía bien, sí, eso es verdad, pero también lo conoció en uno de sus buenos períodos y uno de los malos de ella. «Todo es asunto de sincronía», leyó en el blog de un antiguo compañero de curso al que ahora le va mejor que a él y al que nunca llamaría aunque a veces le dan ganas. No quiere resumir su vida, no quiere dar explicaciones, prefiere pasar.

¿Por qué le carga tanto el pasado?

—¿Cómo está tu café?

—Lo que más vendemos es té, pero bien. Está de moda.

—Odio el té verde.

—¿Sabes lo que es el chai? A los extranjeros les gusta.

—Y a ti te gustan los extranjeros.

—Al menos son de fiar. Y si están acá es porque están claramente huyendo de algo. Además, no prometen nada. Eso me gusta. Eventualmente se van.

—Tú te fuiste.

—No, tú te fuiste.

Silencio.

———

—¿En qué estás pensando?

—En nada, Carla. En el agua.

—Te conozco. No deberías pensar en cosas tan densas.

—Cierto.

———

—El Blas. ¿El *Blas*?

—Sí.

—No lo puedo creer. Me niego a creerlo. ¿No te cargaba, no te parecía básico? ¿No nos reíamos de él por vanidoso?

—Uno cambia. Acostarse con alguien no implica tanto. Es como almorzar.

—No es como almorzar. Con mucha gente yo no almorzaría.

—Con mucha gente no me acostaría.

—¿Pero con Blas sí?

—Sí.

Silencio.

—Disculpa, Carla, pero... pero, no sé... ¿qué quieres que te diga?

—¿Qué quieres decirme?

—Me decepcionas. Te me caes. Perdona la franqueza.

—Vaya.

—Las chicas como tú no se interesan en tipos como Blas.

—¿Y cómo soy yo?

—Distinta. No predecible. Certera. Empática. Empoderada.

—Gracias.

—De nada. Guapa, además. Preciosa.

Silencio.

Ella mira el suelo y él aprovecha de mirarla un poco más.

—Ahora Blas se va a sentir tan, tan...

—¿Qué?

Silencio.

—Esto aumentará seriamente su seguridad.

—Blas se puede agarrar cualquier mina de Santiago. De la tele, modelos, el Parque Forestal entero.

—Pero no mujeres como tú.

—A todas a la larga nos gusta que un... Nada.

—¿Qué?

—De que es pintoso es pintoso. Y lo tiene claro. Puta, es livianito. Linda sonrisa, no es para nada denso ni tiene rollos existenciales. Y es creativo. Sexualmente la caga. Me sorprendió. Mucho. Igual tiene un olor como

raro que me quiero sacar. ¿Me puedo meter?
¿Está tibia?

—Sí, pero no. No puedes. Ya no, Carla.

—¿No?

—No, no corresponde. Y menos si te
metiste con Blas. Menos.

—No me metió nada, por si acaso. No
tenía condones.

Silencio.

—El huevón se recorta los pendejos. Se
los rebaja. ¿Sabías?

—No sé si quiero saber.

—Casi no tiene. Eso me pareció como,
no sé, me decepcionó. Demasiado preocupa-
do. Demasiado metro. Demasiado mina. Demasiado modelo.

—Espérate. Calma. ¿Necesito saber
estos detalles? ¿Quieres que pelee con él? ¿Que
me quede sin casa? ¿Esa es la idea, Carla? ¿Me
quieres sacar celos?

—Pica, que no es lo mismo.

—Parecido. Ahora sí que lo odio.

—Pensé que era tu amigo.

—Uno muchas veces odia a los amigos.
Sobre todo a los cercanos. Y no, no es mi amigo.
Comparto una casa con él. Él firmó el contrato. Es
su casa. Yo no me hidrato ni tengo pectorales. *Mal.*

—Te da envidia porque tiene mejor
cuerpo y pene que tú. Da lo mismo. Tú eres
mucho más cómico.

Álvaro se mira el pene, perdido, frágil,
encogido entremedio del agua, los restos de espuma y una maraña de pelos sin recortar.

—Creo que deberías volver a su cama.

—¿Qué?

—Despertar al menos con él. Es como de buenas maneras.

—¿Eso crees?

—Eso creo. Es más, siempre lo he creído.

—No me interesa despertar con él para nada. Si no hubieras estado tú habría huido al momento que acabó arriba mío.

—*Mal.*

—Por eso me quería bañar.

Silencio.

Ella ahora se sienta en la orilla de la tina. Álvaro trata de no mirar el pubis de Carla, pero lo ve igual y le trae recuerdos.

—Quería verte y no sabía cómo.

—Aquí me estás viendo.

—Has engordado. Mucha comida rápida, seguro.

—Tú antes me cocinabas esas cosas vegetarianas...

—Que nunca te gustaron.

—Me gustaban. Algunas cosas. Las berenjenas no.

Silencio.

—Me acuerdo de mucho —le dice, seria, seca, Carla—. Me acuerdo a cada rato de ti. ¿Tú?

—No.

—No te creo —le responde, coqueta.

—No me creas —le dice, tratando de que le crea.

—¿Me echas de menos?

—Carla, ya fue. Ya pasó. Me estoy bañado. En serio. Esto es como... *privado.*

—¿Te estabas masturbando? ¿En la tina?

—No.

—¿Te masturbaste cuando estuvimos juntos?

Lo piensa.

—Yo creo que sí. Sí. Muchas veces. Pero pensaba en ti.

—Por lo menos, gracias.

—De nada.

—¿Qué quieres, Carla?

—¿Por qué no quisiste hablar? ¿O despedirte?

—¿Despedirme? Si no me fui del país, me quedé acá. Misma ciudad.

—Te tragó la tierra, huiste como si te diera vergüenza, no quisiste hablar. No terminamos bien.

—Nadie termina bien, Carla.

—Pudiste haberme pateado, decirme chao. Pudimos tirar como regalo de despedida. La clásica.

—Yo deduje que terminamos. Estaba clarísimo.

—Eso no fue terminar. Es mejor mandarse a la concha de su madre. Es más civilizado.

Silencio.

—Me dolió.

—A mí también. ¿Tú crees que no me dolió?

—Jamás pensé que te enojarías tanto, Carla, o que tu amenaza iba en serio. Me sorprendió. Pensé que... No sé qué pensé, pero me daba lata llamarte o escribirte. Te escribí como siete mails que siempre terminé borrando.

—A mí me dolió que me botaras, Álvaro.

—No te boté. Si alguien no tiene el permiso moral de botarte soy yo. Yo soy el que me saqué la lotería. Chicas como tú no se enganchan con tipos como yo.

—Antes eras más guapo. Y tenías estas cosa como...

—Como qué...

Silencio.

—Tú te fuiste todo el verano y me dejaste sola y después no contestaste como diez llamadas y no supe más de ti.

—Se me complicó todo.

—Exacto. *Todo.*

—Fueron dos semanas, Carla. Dos semanas.

—Justo las dos semanas que cerramos el café y tenía vacaciones.

—Tú me hiciste elegir y elegí. No hay que hacer que la gente elija. Además, creo que elegí bien. Como el pico, pero bien. No te dejé sola, Carla. Te pedí permiso. Incluso, si mi memoria no me falla, te invité. No quería que fueras, pero igual te invité para quedar bien, para que no te enojaras.

—No siempre puedes veranear con tu polola. Te la farreaste. Uno opta.

—Y opté, sí. Hice lo que tenía que hacer. Mal que mal es mi hijo.

—Nunca fue entre él y yo. Huevona no soy. Tú siempre complicas todo, todo lo que tocas lo complicas. Y lo que más lata me da es que... al final, seguro que no pasó nada con tu hijo, seguro que lo pasaron mal. ¿Cómo lo pasaron?

—Mal.

—No porque eres padre vas a ser un buen padre, Álvaro. No puedes arreglar en dos semanas tu medio cagazo. No sé para qué te mientes tanto y sigues intentando hacerte el padre del año cuando no lo eres ni lo serás. En el fondo, Pablo no te interesa tanto. ¿Has ido alguna vez a verlo a Valdivia? ¿Conoces su pieza, sus afiches, sus dvd's? Tú te importas más. Si no te la hubieras jugado cuando nació. No sé. No te creo la volada del papá.

—Gracias por la confianza.

—Por eso me enojé. No con el chico, que me da como pena, quién sabe cómo va a terminar, sino por ti, por hacerte el buena onda, el comprometido, el que sacrifica su vida por su hijo.

—Eso quiero.

—No me jodas. Está más botado que perro callejero de Valparaíso. Y ojo: no porque no te interesa Pablo significa que eres el peor tipo que camina por la tierra o que le deseas el mal ni nada así. Eres no más. Es lo que te sale, es lo que priorizas. Yo podría perfectamente vivir y enamorarme de un huevón que se interese más por mí que por su hijo. Entiendo perfecto por qué la madre prefirió llevárselo al sur. Lejos se siente menos la lejanía. Hay como excusa. He conocido muchos tipos como tú que intentan jugársela, pero al final sólo la cagan. Lo mejor que podrías hacer por ese pobre chico es desaparecer de su vida. Te lo digo en buena. Tengo amigas psicólogas. ¿Te gustaría tener un padre como tú? Basta de dártelas de héroe. ¿Y...? ¿Estuvo bueno el paseo al menos? ¿Conectaron?

—No creo. O sea, no. No sé cómo conectarme con él. No sé qué decirle. Comimos carne y vimos mucha tele en el hotel y él leía *El señor de los anillos,* que tenía como mil páginas.

—¿Te molesta que lea?

—No, pero... preferiría que me hablara. No tendría que leer tanto, creo. No creo que le haga tan bien. Además, no entiendo cómo leía con ese calor. Mendoza es un horno. Salíamos a caminar en las noches, pero ni ahí había fresco. Cuando salíamos no se sacaba sus putos audífonos. Se iba al baño a desvestirse. Raro. Pablo me parece raro. Un día fuimos a conocer las viñas y tomó mucho malbec y después se cayó al regresar a la ciudad, a una de esas canaletas. Al menos nos reímos. Esa fue la mejor parte. Otra vez fuimos al cine juntos. Vimos *Los increíbles,* que me cargó. La otra vez no quiso y fui solo. Vi esa de Ben Stiller, la segunda parte, *La familia de mi novio*, la de los sue-gros freaks. Me cagué de la risa.

—¿Lo dejaste solo?

—Tenía doce, casi trece, qué le iba a pasar. Lo peor fue el cruce de la cordillera. Se hizo eterno. No habló ni de ida ni de vuelta. Sólo comió gomitas ácidas.

—Mal.

—Yo creo que me odia.

—No te odia pero tendrá sus razones. A veces me daban ganas de ponerme mis audífo-nos cuando estaba contigo. Contigo me sentía sola y odiaba eso. Haces que la gente se sienta sola. Es como un don tuyo. Es como si no tu-vieras nada adentro o, lo que para mí es peor, que tienes mucho y no lo expresas. Creo que ni tú sabes lo que tienes adentro. Me sentía...

—Ya fue, ya pasó. Qué rato. Tampoco fue la relación de nuestras vidas. No nos casa-mos, no tuvimos hijos, no duramos ni tanto. Puta la huevá. Te metes a mi baño para vengar-te de cosas que pasaron hace como seis meses.

—Te lo voy a decir igual. Max me dijo que te lo dijera.

—¿Max?

—Mi psicólogo.

—Ah, mal. Puta la huevá. Y no hables de mí con gente extraña.

—Hablo de ti con quien quiero. Ade-más tenemos un lazo.

—¿Lazo?

—Uno siempre tiene lazos con quienes tuvo lazos, Álvaro.

—Sí, y casi siempre son tóxicos. Ándate a la mierda mejor, ¿ya? Estás seriamente loca. Culeándote al Blas, además. *Mal.* Asqueroso. Eso sí que es traición. Si me querías cagar, me cagaste. Te vengaste. *Bien.* Felicitaciones.

—Ustedes son peligrosos.

—*¿Ustedes?*

—Sí, *ustedes.* Eso quería decirte. Eso fue lo que Max me dijo.

—Me cago en Max.

—Me cago en ti.

—No, si eso está claro. No tuviste que acostarte con otro tipo mientras estaba en Mendoza.

—No, pero quise.

—No tuviste que contarme.

—No, pero quise. Nunca lo volví a ver.

—Pero... lo hiciste. Y me contaste. Y...

—Fue un error ir con Pablo a Mendoza y no ir conmigo al valle.

—Al Elqui. No digas *valle.*

—Todavía odio esas cosas de ti. ¿Qué te importa que diga el valle?

—Porque odio a la gente que le dice *el valle*, por eso. Mira, Carla... Pasó. Buena onda. Todo bien. Te perdono.

—No vine a pedirte perdón. Quería ver si tú querías pedirme perdón.

—¿Perdón? ¿Perdón de qué?

—No debiste haber ido.

—Sí debí haber ido. No me arrepiento. Tengo buenas fotos, buenos recuerdos.

—¿Mejores que los que tienes conmigo?

—Una cosa no tiene nada que ver con la otra. Y nada, el paseo fue la excusa para la debacle y lo sabes.

—Quizás.

—Yo creo que sí. Minas como tú se aburren de pasteles como yo.

———————

—¿La pasaste bien conmigo?

—Yo creo que te quise, Carla. Harto. Ahora... me tengo que salir. Y... nada. Creo que nunca había querido a alguien. Te dejé entrar de huevón. Y me dolió, sí.

Se miran.

—Nada. Esto fue un error, Álvaro. Esto de Blas y de... Un error.

—Blas ni se va a acordar.

—Yo sí.

—Son las siete de la mañana. Me tengo que ir. Permiso, puedes darte vuelta.

Carla mete su mano en el agua.

Álvaro se paraliza y mira el gesto.

—El agua está helada.

—Qué rato.

Se miran. Álvaro se acerca y la besa. En los labios, corto, con los ojos cerrados.

—Sécame y te vas.

—No.

—Como recuerdo. Como antes. Quédate.

—No debí entrar. Fue un error. A veces me quedo pegada en el pasado.

—Te he estado mintiendo. Me interesas, mucho. Tienes razón en lo que dices de Pablo. Debí ir al valle contigo. Nos podemos dar una tina, sí. Le ponemos agua tibia, o caliente. Agua nueva.

—Fue un error venir, entrar aquí... No le cuentes a Blas.

—Me cago en Blas. Entra.

—No.

—¿Qué te pasa? Te pusiste rara.

—Soy rara. ¿Por qué crees que me fijé en ti?

Ella sonríe.

—Nunca lo voy a volver a ver.

—Lo sé.

—Nunca voy a volver contigo.

—También lo sé, pero prefiero pensar que...

—Que qué.

—Nada.

Carla apaga la ampolleta pero ahora hay luz que entra, la luz del sol.

—Y de verdad estás más guatón.

—Lo sé —le dice y aprieta el jabón, fofo como un queso fresco, y hunde sus uñas, lo aprieta como una masa hasta partirlo en dos.

—Chao.

Carla cierra la puerta.

Álvaro enciende la ducha, el agua está caliente. Se queda en la tina, sentado. Vuelve a lavarse el pelo. Piensa: sí, estoy más guatón y ya nunca, haga lo que haga, tendré el cuerpo de un tipo de dieciocho. Nunca estaré ni me daré una tina con alguien como Carla.

Álvaro ve como el nivel de la tina empieza a subir a medida que cae el agua de la ducha. La alfombra de toalla en el suelo de azulejos se empampa a medida que el agua se rebalsa de la tina.

Pablo está sentado en un asiento que apenas se reclina en un bus detenido en la terminal propia que tiene Tur-Bus a la salida de la estación de metro Universidad de Santiago. Casi todos los pasajeros han descendido. Pablo sigue ahí. Termina de anotar unos apuntes en su libreta. Transpira. Su polera negra con el afiche de la película *Control,* que le encargó a su abuela materna cuando fue a Londres, la tiene pegada al cuerpo. El pelo lo tiene mojado por el sudor, como si recién se hubiera duchado. El calor es implacable y eso que son las siete y media de la mañana. Pablo ha viajado toda la noche en un bus sin cama. Pablo quería viajar en avión pero los pasajes estaban agotados y eran muy caros. Pablo cree que se durmió a la altura de Chillán pero no está seguro. Casi toda la noche escuchó su iPod nuevo que su madre le regaló para la Navidad.

Viajar mirando por la ventana con su propia banda sonora lo hizo sentirse cómodo, acogido, confortable. *La vida no era tan, tan mala,* anotó en una libreta negra, *si uno se puede aislar.* Pablo está juntando frases e ideas y letras para su blog que nadie conocido sabe que tiene.

Pablo mira los audífonos e intuye, más bien sabe, que nunca dejará de estar conectado a algo que lo proteja. Según el aparato, Pablo escuchó *Something I Can Never Have* siete veces, *How To Disappear Completely* cinco y *House of Cards* doce; Pablo cree que es el tema perfecto para viajar de noche a exactamente 95 kilómetros por hora por una autopista perfecta y vacía. El álbum que le dio su nombre —así le dice: el *álbum*, el *álbum* solamente— lo escuchó completo dos veces: desde *You* a *Blow Out.*

¿Por qué soy tan noventero?, escribe en la libreta antes de cerrarla.

—Joven, se tiene que bajar. Hay que desocupar el vehículo.

———

Pablo divisa a Álvaro a través de las ventanas sucias por la grasa de las manos y narices y mejillas de los pasajeros que ya no están. Álvaro está bajo la sombra a un par de metros del bus, casi como si no lo estuviera esperando y, por el contrario, se encontrara ahí esperando otro para partir de viaje a la playa. Pablo encuentra que Álvaro se ve distinto que la útima vez que lo vio. Trata de pensar cuándo fue. ¿Quizás la vez que fueron en auto a Mendoza? Le parece que está más flaco y, de alguna manera, más joven. Su padre parece menos padre de lo acostumbrado. A Pablo siempre le ha parecido que su padre es como un primo o el hermano menor de los padres de sus compañeros de curso, pero ahora siente que podría pasar por uno de los de cuarto medio cuando andan sin uniforme y se juntan en la costanera a tomar sol. Álvaro está comiendo una paleta de agua color verde-limón con alguien que no sabe quién es: un tipo como de la misma edad de su padre pero definitivamente menos atractivo, más gordo, con menos pelo, cuya cara brilla por el sudor y que bebe cada tanto agua mineral de una botella de un litro y medio. Los dos conversan y se ríen mucho.

Pablo baja del bus y agarra su pequeño bolso y camina hacia donde está su padre.

—Hola, Álvaro.

Pablo le da la mano pero Álvaro lo abraza y le toca el pelo sudado. Álvaro huele a marihuana y está transpirando alcohol. Ron o algo así.

—Estuvo buena la fiesta —agrega Pablo con un toque de ironía.

—Una hueá de fin de año de la editorial. Estuvo bien. Si hubieses llegado ayer, como quería, te hubiera llevado.

—Tengo catorce.

—Casi quince. Ya no eres un niño. ¿Crees que no me acuerdo lo caliente que era a los catorce? Puta, tell me about it, bro.

Su padre luce una polera blanca y naranja y amarilla que dice *Ladeco, líneas aéreas del cobre,* que se nota es vieja y vintage, y shorts largos y hawaianas. El tipo con el que está tiene una polera negra con un afiche de lo que le parece es una película independiente que no ha visto: *Permanent Vacation.* El tipo que está junto a Álvaro tiene a su lado un inmenso bolso tipo militar y una maleta con ruedas.

—Puta, Pablo Honey, mi ser favorito. Estás... cool. Puta, por fin grande. Estás como... guapo. Saliste a mí, se nota. Buenísimo. Pensé que habías perdido el bus. Iba a llamar a tu madre.

—Me podrías haber llamado a mí. Tengo celular. Desde onda los trece.

—¿Sí? Puta, la raja. Dámelo.

—¿No sabías que tenía cel?

—Pablo, son las siete de la mañana, no me he acostado aún. *Mal.* Give me a break. Cuál es tu fono.

—08 418 2272.

—¿Y el código de Valdivia?

—Todos los cel son iguales en cualquier parte del puto país.

—Sí sé, te estaba hueveando.

Álvaro da dos pasos para atrás y lo mira y su cara se ilumina de forma genuina.

—Tu mamá me dijo que te pegaste el estirón pero... Estás casi tan alto como yo. La cagaste. Las chicas no te deben dejar de mandar mensajes de texto. ¿Para eso tienes el cel?

—...

—Oye, te presento a Lucas. Lucas García Infante. Es medio pariente pero poco, de tu madre. Por suerte. Es un gran tipo. Freak pero un gran freak. Vivo con él.

—¿Vives con él?

—Sí.

—Son onda... ¿pareja?

—Llegaste simpático, veo. Lucas es asexual pero tiene todas las películas del mundo y es de fiar y no mete ruido.

Lo mira. Lucas está comiendo galletas Tritón. Se acerca a él. Lucas le da la mano, que la tiene pegote y con migas, y con la otra le toca el hombro.

—Lucas, mi hijo Pablo.

—Hola.

Lucas le mira la polera y sonríe.

—¿Te gusta Joy Division? —le pregunta—. Ian Curtis, ídolo. ¿La viste fuera del país?

—Ojalá. Me la trajeron, pero quiero verla. Urgente. ¿Tú?

—No, pero de todas las que se estrenaron en Cannes, es la que más necesito ver. Yo creo que de aquí a marzo-abril te puedo conseguir una copia.

—¿Sí?

—Sí.

Álvaro los mira a los dos y los interrumpe.

—Hey, yo tuve un cd de ellos antes de que tú nacieras: *Love Will Tear You Apart*.

Pablo mira a Lucas y Lucas mira a Pablo y Lucas le guiña el ojo y Pablo mira hacia el suelo y luego sonríe para sí.

—Oye, tu bus está por salir —le dice Álvaro.

—¿A dónde te vas?

—Me prestaron una cabaña en Licán Ray pero en la parte donde no hay nadie. No me gusta celebrar el Año Nuevo con gente. Me llevo quinientos gigas con películas que no he visto.

—Te dije. Lucas es un freak. Tu bus es ese. El de las ocho —comenta Álvaro.

Caminan. Lucas apenas puede con todo.

—¿Por cuántos días vas?

—Eh... por dos... tres. Regreso el 3 en la mañana.

—Puta, yo parto el 2 en la noche.

—Nada, feliz 2008 entonces.

Se acercan al bus. Hay mucha gente, casi toda mayor.

—Oye, Pablo... Álvaro me dijo que vas a alojar en mi pieza. O sea, me la pidió. Puta, mi pieza es tu pieza. Hay libros, dvds, el plasma. Si quieres copias, déjame un papel. Toda persona que anda con una polera de *Control*, de Corbjin, antes de que se estrena es amigo mío.

—Gracias.

—Olvídate cómo huele esa pieza —comenta Álvaro—. Es un chiquero.

—Es un poco sucia, sí, pero es mía: sé dónde está todo.

—Cool.

Lucas se aleja y le pasa la maleta con ruedas al tipo del bus.

—¿Seguro que no te quieres ir con él?

Pablo opta por responderle.

—Hace calor acá.

—Pero, puta, al menos es la capital —le responde Álvaro.

Lucas saca un iPod igual al de Pablo y se lo coloca y lo guarda en un bolsillo.

—Ya, yo parto. Los dejo. Esto es muy *Buscando a Nemo*, Alvarillo. Suerte.

Ambos se abrazan y se besan dos veces en la mejilla. Luego, Lucas se acerca a Pablo y lo abraza pero no lo besa.

—Encantado de conocerte. Me habían hablado mucho de ti. Espero algún día tener el honor de cultivar una amistad contigo y afianzar nuestro lazo cinéfilo geek.

Pablo lo mira nomás.

—Oye, ¿cuántas veces has visto *Donnie Darko*?

—Información clasificada.

—Puta, me caes aún mejor. Es cuando conozco pendejos como tú que me arrepiento de no tener hijos, pero bueno, para eso hay que conocer minas.

Pablo se ríe.

—Puedes adoptar.

—Eso pasa en el cine nomás.

—Cierto.

Más allá, Álvaro manda un mensaje de texto de su celular.

—Oye —le dice Pablo—. ¿Esa película... de quién es? La de tu polera, digo.

—Jarmusch. ¿Has visto algo de él?

—¿*Flores rotas*?

—Sí, pero antes Jarmusch era más Jarmusch que ahora. ¿Has visto *Stranger Than Paradise*?

—No.

—La tengo en mi pieza. Tengo todo. Incluso ésta y en original. Feliz 2008.

—Espero.

—Tu padre es... tu padre. Pero es un gran tipo. Es cosa de conocerlo.

—No comments.

—OK, suerte. Y cuídalo.

Pablo lo mira subirse al bus. Álvaro se acerca a él y lo intenta abrazar pero Pablo no lo deja. Los dos miran a Lucas sentarse al lado de la ventana.

—Puta —comenta Álvaro en voz baja—. Por fin se fue este freak. Me agota. Por fin solos.

Pablo mira a Álvaro entre la gente apañada y apretujada de un carro del metro. El calor bajo tierra es sofocante y unos inmensos ventiladores lanzan brisa con rocío en los andenes.

—¿En qué estación nos bajamos?

—Moneda.

—¿Ahí vives?

—No, no vivo en La Moneda. Vivo cerca. Te va a gustar la vista. Estamos en el piso 22. Best fucking vista de Santiago. En el 23 hay una piscina.

—¿No tienes auto?

—No. Para qué. Estoy juntando para comprarme una moto. Una scooter. ¿Las ubicas? ¿Tienes hambre? ¿Desayunaste?

—No. O sea, sí, sí tengo hambre.

—Podemos pasar por el Dominó antes si quieres. Igual después que te duches podemos ir al supermercado para comprar cosas finas para la noche. ¿Te gusta la centolla? ¿Los camarones ecuatorianos?

—No necesito ducharme.

—Yo creo que sí. Créeme.

—Yo creo que no. No eres mi madre.

—Pero soy tu padre.

El metro se detiene en la estación República. Pablo se baja con su bolso. Álvaro se sorprende pero no alcanza a salir. Lo mira por la puerta de vidrio que justo se cierra. Álvaro le levanta el dedo del medio.

El metro parte.

Pablo se queda solo en su andén, camina unos pasos y se acerca a un mapa. Ve dónde está la estación Moneda. En eso suena su celular. El número no lo conoce pero sabe quién es.

—Súbete al otro y bájate en La Moneda. Es una estación oscura. Y una cosa, huevoncito, hazte el choro y te vas a dar cuenta quién manda acá. Si quieres podemos ser amigos. Me da lo mismo, tampoco tenemos mucho en común. O si quieres te trato como mi padre me trataba a mí. Puedo. Ponme a prueba, pendejo. Inténtalo nomás. Ten cuidado. Ten mucho cuidado. No vengas a hacerte el que me conoces porque no: no me conoces para nada.

Antes de que Pablo alcance a responder, Álvaro le corta.

Pablo guarda el número. Empieza a escribir Papá pero lo borra y anota Celis, Álvaro. Luego se sienta en uno de los asientos naranja y siente que no es sólo sudor lo que le cae por la cara.

———

Pablo camina detrás de su padre por la calle Lord Cochrane. El sol cae a plomo y rebota contra el pavimento lleno de grietas. En la Alameda, Pablo se fijó que ya estaban acordonando el perimetro cerca del Palacio Presidencial para el acto masivo de la llegada de las doce de la noche. Álvaro no le ha hablado desde que se encontraron en el andén del metro. Pasaron por una botillería y su padre compró media docena de botellas de champaña local («pero brut») y tres botellas de vodka finlandés y dos docenas de cervezas mexicanas en botella. Le pasó la bolsa con las cervezas a Pablo sin siquiera preguntarle, y salieron al sol y al ruido incesante del tráfico.

Su padre camina rápido y sus hawaianas suenan y crujen al hacer contacto con la vereda. Por el lugar donde está el sol, las sombras de los dos se ven del mismo largo. Después de un par de cuadras llegan a un edifcio muy alto y muy nuevo, que no parece estar del todo listo y donde da la impresión de que la mitad de la población de Valdivia cabría dentro. El edificio poco tiene que ver con las casas pareadas de un piso, que parecen ser de comienzos del siglo anterior, que lo rodean.

—Éste es. Allá arriba —le dice Álvaro, seco.

Ingresan y un mayordomo joven, con gel en el pelo y pinta de futbolista reggaetonero, no lo saluda pues está haciendo algo con su celular. Detrás de él hay al menos trescientas casillas llenas de cuentas, papeles, revistas envueltas en plástico. Caminan por un pasillo largo. Pablo se fija en una máquina dispensadora donde venden papas fritas, detergente, chocolates, sopas para uno y preservativos. Llegan al ascensor. Hay cuatro. Se abre uno y aparece un niño chico, de shorts y con una polera a rayas, llorando. Álvaro se acerca a él y lo hace salir.

—¿Estás bien? ¿Te perdiste?

El niño llora desconsolado.

—¿Cómo te llamas? —insiste, mientras le hace cariño en el pelo.

—Esto siempre pasa —comenta Álvaro—. Ven, yo te cuido. Ya llegará tu mamá. Seguro que viene en el otro. Todo está bien, lo malo ya pasó.

Se abre otro ascensor. Aparece un tipo de barba, quizás menor que Álvaro, con pantalones de buzo y una de esas poleras que imitan la bandera de Chile.

—¡Rodrigo! ¡Acá estás! Nunca hay que entrar a los ascensores solo. Te lo he dicho.

Lo toma en los brazos y lo aprieta; le seca las lágrimas.

—Calma, calma. Ya pasó. Estoy aquí.

El padre del niño mira a Álvaro y le dice:

—Mil gracias. Se me escapó. Entre cerrar la puerta y con todos los bolsos... se me arrancó. Bajó quince pisos solo el pobre. Gracias.

El niño con el tipo de barba con la polera chilena se sube al ascensor.

—Dile chao a los vecinos. Feliz año, dile.

Pablo y Álvaro miran como el ascensor se cierra mientras el padre del niño lo va besando.

—Pobre, medio susto —comenta Álvaro, mientras miran los números de los pisos apagarse y encenderse.

———

Pablo observa todo el centro de Santiago desde las ventanas del subdecorado living del departamento 2302. La ciudad se ve toda gris y seca y la vista en vez de ser alucinante le parece un tanto patética.

—¿Quieres café? —le grita Álvaro desde la cocina—. ¿Tomas café?

—Bueno —le responde.

Pablo deja el bolso en el suelo y mira la mesa de comedor, un futón, un sofá de cuero café y un viejo televisor arriba de un baúl de madera. En una pared hay un gran mapa del mundo y en el suelo un equipo de música como de inicios de los noventa. Se fija que tiene para casetes y que, de hecho, hay un par sobre el equipo.

Álvaro ingresa al living desde la iluminada cocina que da a la cordillera y, por lo tanto, al sol matinal. Porta una bandeja con la cafetera, la misma que tiene su madre, se fija, y una caja de leche larga vida descremada.

—Siéntate. Saca. Este queso fresco lo compro abajo, lo traen de Curicó, es buenísimo.

Pablo se prepara un desayuno. Álvaro empieza a tomar su café y lo deja.

—Creo que voy a dormir un rato. Una siesta matinal: nada más rico. Esta noche va a ser larga. No va a terminar. ¿Te tinca ver los fuegos artificiales desde aquí? Fíjate lo cerca que estamos de la Torre Entel. Yo nunca los he visto desde acá, pero cuando llegué lo primero que te dicen todos es que el espectáculo de ver los fuegos tan cerca es como estar en Bagdad o algo así. Hay que abrir un poco las ventanas para que no se quiebren con el estruendo... ¿Te tinca?

—Supongo.

—Y nada... después vemos. O comemos antes a la chilena o después a la española y, no sé, podemos sacarle unos dvds a Lucas, los eliges tú, o... podemos bajar a caminar, abajo se arma media fiesta y tocan cumbias y pachangas y puede ser bizarro darse una vuelta o...

—Ahí vemos.

—Claro, ahí vemos.

—...

—...

—¿Está bueno el queso?

—...

—Increíble: son las nueve recién. Nos quedan ene horas.

—...

—¿Qué te parece el calor?

—Ecuatorial.

—Buena palabra. Lees harto, ¿no?

—¿Leer onda en papel? Algo. Leo más navegando, creo.

—...

—Yo trabajo ahora en una editorial. Me toca conocer cada ego y espécimen.

—¿Conoces a Augusto Puga?

—No, pero a su agente sí.

—Ah...

—Podríamos... ¿Quieres hacer algo en especial?

—No sé.

—¿Conocer algo?

—...

—¿El Zoológico?

—Ya lo conozco. Me llevaste a los ocho, creo. Ya no tengo ocho.

—Claro. Si sé.

—Dicen que los catorce es la peor edad.

—La mía no es tan buena tampoco.

—...

—¿A dónde podríamos ir? Igual es como feriado. Tenemos hartas horas por delante.

—...

—¿Más café?

—No.

—¿Te gustó el queso fresco?

—Sí.

—También podríamos pedir sushi.

—Nunca he comido. Allá ya me toca comer demasiados crudos. Por mí, pizza.

—Es Año Nuevo, Pablo.

—Hay que comer lo que a uno le gusta. ¿Te gusta la pizza?

—Doble queso, masa gruesa.

—Podríamos pedir una o dos.

—Puede ser, sí, quizás.

Álvaro se levanta y enciende la televisión y aparece *El matinal de Chile*.

—Mira, ése está justamente aquí.

Pablo mira al periodista transpirar en su traje debajo de la Torre Entel. Se levanta de la mesa con su taza de café y se acerca a la ventana para tratar de ver dónde está.

—Mira —le dice Álvaro—. Ahí está: donde está esa van blanca, al lado de ese quiosco, a la salida del metro. ¿Lo ves? Donde está ese tipo que vende globos.

—Sí.

—Ahí. Fíjate.

—Sí. Ni se ve. Está alto esto, la caga. ¿Has sentido temblores?

—Uno, pero estaba... bueno..., ocupado.. y moviéndome, así que no me percaté, pero ella me dijo que sí, que se movió su poco, pero estas torres están construidas a toda prueba. Pueden soportar un 8,5 sin pestañear.

—Descansemos —dice Álvaro—. Ya siento el agotamiento en las piernas. Cuando empiezan a flaquear es hora de ponerse horizontal. ¿Quieres recostarte o ver algo? Tu pieza tiene baño, es la pieza de Lucas. Te va a gustar, creo. Ahí te puedes duchar. Si necesitas cosas de baño, bálsamo o, no sé, jabón, le sacas o me pides.

—No creo que me duche. ¿Va a venir gente?

—...

—¿Qué hace Lucas?

—Puta, nada.

—Respetable.

—O sea, sí. Escribe en blogs, comenta cine en una radio y... es dealer.

—¿Dealer?

—Digital. Tiene clientes. Les vende dvds de películas viejas o europeas y de arte. Puta, la mitad de mi editorial lo conoce y lo aman. También trafica ravotriles.

—¿Sí?

—La gente los pide ene. Antes era jale pero ahora, puta, no da abasto.

—Es que son ricos.

—¿Has tomado?

—Sí, claro. Vivo en Valdivia, no en Saturno. ¿Tú tomas?

—A veces.

—Podríamos tomar. O sea, para descansar. Igual tengo sueño; pero la tele no se me apaga. ¿Podríamos sacarlos?

—¿De verdad quieres?

—Mucho.

—¿Estás nervioso?

—Sí.

—¿Por qué?

—¿Por qué? No sé... No, sí sé... Me tensas.

—...

—...

Ambos están parados frente a la inmensa ventana sin cortinas. Uno al lado del otro, padre e hijo, sin tocarse, mirando la ciudad.

—Tú también me tensas pero es culpa mía; es que... Igual me cuesta todo esto y...

—Ravotril y champaña. ¿Te tinca?

—Es mala suerte celebrar antes, dicen.

—Lo de la hora es relativo. Mira, si estuviéramos en otra parte ya serían las doce.

Ambos miran la Torre Entel elevarse entre la contaminación y la bruma. Hay tipos en la plataforma instalando los fuegos.

—Si nos quedamos dormidos, los estallidos nos van a despertar igual.

Álvaro se ríe.

—¿Pizza entonces?

—Doble queso, masa gruesa.

Desde la pantalla gigante salen imágenes de la celebración del Año Nuevo en Australia: Happy 2008 y la típica toma de la Ópera en la bahía de Sydney.

Cada uno toma de su copa. Pablo mira a Álvaro.

—¿Crees que será un buen año?

—Sí, Pablo. Uno mucho mejor que éste. Feliz año.

—Feliz año, Álvaro. Suerte.

Estaban en Boco, en ese campo escondido, lleno de paltos, a unos pocos kilómetros de Quillota. Lo importante, pensó Francisca mientras empujaba con los pies la delgada y transpirada sábana, era que estaban lejos de Valdivia y de donde todo había sucedido. Después del episodio del pesto cualquier cosa podía ocurrir. Quizás era peor estar acá. Ella misma podía sentir el peso del aburrimiento y la paranoia que produce el aislamiento. Que Pablo no estuviera y que no supiera dónde estaba no facilitaba las cosas.

¿Cuántas horas llevaba desaparecido?

Tampoco tantas: algo más de veinticuatro.

¿Veintiocho?

Al mediodía pasó por la comisaría de Quillota. Había bastantes personas esperando un turno para hablar con un escuálido carabinero. Ella miró las paredes: a aquellos que eran buscados por crímenes o porque no sabían de su paradero. Pablo debía estar por ahí. Esto lo había hecho varias veces. No quería armar un escándalo. Su madre eventualmente se enteraría si la policía del pueblo empezaba a buscar a Pablo.

Decidió volver al auto —al auto que también le prestó su madre, pues habían volado en avión en una oferta dos por uno desde Valdivia— y volver a la parcela. Luego de manejar sin rumbo por la zona y llegar hasta La Calera escuchando la radio local, optó por regresar a Boco, donde intentó empezar a leer cuatro novelas distintas pero era incapaz de concentrarse.

Llevaban dos semanas, casi tres, encerrados en esa parcela detenida en el tiempo, en esa casona que su madre había logrado reparar terremoto tras terremoto. Su madre ahora estaba en un crucero para la tercera edad con dos amigas, que las llevaba desde Río hasta Valparaíso, pasando por las Malvinas y el estrecho de Magallanes. Su madre casi nunca le prestaba la casa; años atrás, cuando Francisca aún estaba con Sergio, le preguntó si podía usar la casa. Ella le dijo que se la arrendaba. Francisca no le habló en cuatro meses. Esta vez se la prestó encantada. Su madre ahora era otra y pasaba en viajes, charlas, clases, conciertos y cenas. Entendió, sin pedir explicaciones, que quizás era bueno que ella y Pablo estuvieran lejos de Valdivia y de la lluvia que siempre transformaba el verano en invierno. Por suerte, la socia de Francisca había entendido que a pesar de que para el hotel la temporada estival era la época de mayor trabajo, era clave que ella sacara a Pablo de Valdivia y que estuvieran juntos, aislados y en un sitio donde no hiciera frío. El bread and breakfast más spa que tenían en la isla Teja ya estaba funcionando, estaba establecido, salía en guías internacionales, pero ahora Francisca no podía concentrarse en ser la anfitriona perfecta que quería ser. Tenía clara cuál era su labor y su prioridad: ser la mejor de las madres, algo que ya tenía internalizado que era una meta imposible de lograr.

¿Cómo se medía la labor de una madre?

No era sólo recogerlo del jardín infantil, hacer las tareas, cuidar sus enfermedades. Todo eso lo había hecho. Quizás había hecho demasiado: fueron, mal que mal, una pareja que no se separaba, que salía a almorzar por horas, que leía los diarios, veía televisión, hacía excursiones. Francisca siempre había confiado más en Pablo que Pablo en ella. Sin duda ella se había vaciado, apoyado, llorado y confiado en él.

¿Había sido lo correcto?

Francisca sabía que el éxito o fracaso de su tozudez de tener a Pablo contra viento y marea no era que el chico no repitiera curso o se metiera en problemas legales, sino que la pasara bien, que pudiera ser lo que era capaz de ser, que no se autodestruyera. Francisca siempre había pensado, sobre todo cuando Roque se quitó la vida poco antes de que Pablo naciera, que los verdaderos culplables eran los padres. Para ella, todo suicidio develaba un fracaso familiar.

Francisca, a veces, pensaba que lo que tenía que suceder era que pasara el tiempo. Esa era la única solución real. Que Pablo creciera más, que tuviera una profesión, algo de dinero, independencia, un auto, nuevos amigos. Ojalá optara por algo creativo, analizaba en sus desvelos, pero también eso le daba miedo: dedicarse a crear no sólo era peligroso económicamente, sino que podía conectarlo aún más con *eso* que no entedía del todo bien y que lo partía en pedazos. A lo mejor lo ideal fuera que Pablo estudiara una carrera que lo contuviera, que no lo frustrara, que le diera seguridad y horarios y anonimato. Francisca tenía claro que aún le quedaban al menos una docena de años de incertidumbre y horror.

¿Llegaría a los veintiuno?

¿A los veintisiete?

Una vez leyó que los treinta y tres en un hombre era la edad clave, no porque esa fuera la edad de Cristo, sino porque ya para ese entonces se podía saber si ese chico se había salvado o no. ¿Por qué no tuvo una mujer? Las mujeres son tanto más de fiar, son mucho más fuertes, no necesitan protección y se pueden reconstruir solas.

¿No era acaso eso lo que ella había hecho?

Hace años que Francisca entendió que la persona que más amaba era aquel que más dolor le iba a traer. A diferencia de una relación tóxica y demente con un tipo (sabía lo que era eso: lo había padecido un par de veces), esas relaciones al final terminaban o simplemente se evaporaban solas. Este lazo con

Pablo —el único lazo que le interesaba, que había tenido, la única intimidad que había sentido en su vida— era para toda la vida. La pregunta que ahora se hacía a cada hora era: qué implicaba *toda* la vida.

¿Cuánto tiempo quedaba?

¿O era sólo una etapa?

¿O era *toda* la vida de verdad?

¿Hasta que muriera uno de los dos?

Si alguien muere, que sea yo, pensó. Pero para eso faltaba tiempo. Mucho. Y tampoco eso le parecía viable: ¿qué haría él sin ella? Mientras, Pablo era de quien había que preocuparse. El *ahora* era la cuestión. ¿Quizás cuando ingresara a la universidad, quizás sería bueno que viviera un tiempo en el extranjero? ¿Qué o quién o quiénes podían cambiar a ese desconocido llamado Pablo con el cual ya no podía conectar?

———

Tres días atrás, después de al menos diez días de placidez, Pablo volvió a hundirse. Parecía deprimido, no hablaba, no leía, se enrollaba vestido en la hamaca escuchando algo en su iPod durante horas. Cuando lo vio en la cocina, moliendo paltas, Francisca le preguntó si deseaba ir hasta Quillota a comprar y éste no le respondió. Ella le dijo que muy bien y si necesitaba algo.

—Tráeme leche evaporada y Nesquik de doble chocolate, pero que sea doble.

A la salida del supermercado, Francisca divisó a Pablo en la plaza de Quillota, con la vieja bicicleta de la casa a su lado, conversando y riendo animadamente con un grupo de adolescentes locales de su edad, chicos claramente de otra clase social, de una muy inferior. Algunos tenían tatuajes y piercings y pañuelos, y una chica baja, regordeta, con mucho delineador, le tocaba el cuello y le tomaba la mano. A Francisca le dio miedo y luego se sintió mal por pensar que eran lumpen, aunque tenía claro que sí lo eran y le daba miedo y extrañeza que Pablo se juntara con gente así. Pero luego, en el auto de vuelta, pensó: con quién si no se iba a juntar. Al menos se junta con alguien. En Valdivia no se juntaba con nadie, y menos con los del colegio alemán al que asistía. Quillota era, mal que mal, un pueblo agrícola, donde la mayor parte de la población trabajaba mucho y ganaba poco.

Esa noche Pablo no llegó a la casa sino hasta pasado el mediodía y se fue directo a su pieza sin decirle nada. Al atardecer apareció en la cocina duchado y a pie pelado.

—¿Dónde andabas?

—Por ahí.

—¿Con amigos?

—Yo no tengo amigos, y menos acá.

—¿Conocidos?

—Uno conoce gente y gente te conoce. No quiero hablar del tema. Es mi vida.

—¿Pero la estás pasando bien?

—La paso.

Empezaron a cocinar juntos. Durante años y años, los dos cocinaban, comían, lavaban platos, veían películas, leían el mismo libro, se contaban historias. En Valdivia, los sábados a la hora de almuerzo iban siempre, casi como un ritual, a la Cervecería Kunstmann camino a Niebla, donde pedían chuletas o salchichas o crudos. Pablo esa noche estaba encantador, inteligente, rápido, como cuando los dos eran inseparables y nadie podía siquiera acceder a la complicidad que tenían. Estaban cocinando pasta. Francisca propuso hacerla al pesto, puesto que había comprado un pote en una tienda orgánica en Olmué. Pablo de pronto dijo: «No, mejor no, mejor hagámosla a la puttanesca». Francisca le dijo que no tenían los ingredientes, que este pesto era alucinante y el olor a albahaca era el mejor aroma del mundo. Pablo le dijo que sí tenían los ingredientes, que el refrigerador estaba lleno.

—¿Cuál es la receta? ¿Tenemos crema? Sí, tenemos crema.

—Se necesita panceta. No tenemos panceta, Pablo.

—Tenemos tocino.

—No es lo mismo.

—Es lo mismo. ¿Quieres o no quieres que cocine? Agradece que esté aquí contigo y no con gente de mi edad.

—¿Por qué me hablas así?

—Porque odio tu puto pesto.

Pablo la miró y abrió el pote de pesto casi en cámara lenta. Luego, lo levantó sobre su cabeza y lo dio vuelta y la pasta verde y espesa empezó a caer arriba de su pelo, de su cara, de su polera blanca, hasta terminar en el suelo de ladrillo y en sus pies descalzos.

—Una puta que no sabe cómo hacer fetuccini a la puttanesca me parece patética. ¿Qué quieres que te diga? Ahora, ¿a la puttanesca o los quieres con una muy fome salsa de tomates en tarro?

Francisca no le dijo nada.

Pablo empezó a apretar el pote de vidrio vacío y lo acercó a su cara.

—Huele, el mejor aroma del mundo.

Francisca miró a su hijo cubierto de pesto y sus ojos inyectados de rabia y lágrimas y captó que la intención de Pablo era reventar el pote. Sus venas iban apareciendo debajo de sus brazos bronceados y su cara cada vez se tornaba más roja.

—Para, Pablo. Cálmate. Lo vas a quebrar.

—No tengo tanta fuerza.

Entonces, Pablo tiró el pote con toda su fuerza contra el muro y éste cayó al suelo, donde rebotó y rebotó y rebotó.

—Mira, es más resistente que yo.

Francisca recordó lo que había sucedido en Valdivia unos meses antes: el episodio del río, el pendrive, el mensaje en video. Por algo estaban acá. Para respirar otros aires. Todo eso había sido a escondidas, en privado. Ahora Pablo parecía, por un lado, más seguro y, por otro, totalmente desbandado.

—¿Vamos a hacerla a la puttanesca? ¿Sí o no? Tengo otros sitios donde comer, ¿sabes? Conozco locales, casas, picadas. No soy tan desvalido como crees. Si soy como soy es porque quiero ser así. Es por opción. No soy un freak. Agradece que no sabes todo lo que podrías saber de mí.

—Podemos ir al pueblo a comprar panceta, Pablo. Cámbiate y vamos.

—¿Esa es tu respuesta? ¿Esa es tu puta respuesta? Con razón...

—Con razón qué...

—Fuck you.

Francisca sintió que no tenía ya qué decir y que ese era un momento importante y que por eso mismo era mejor actuar con cuidado.

—Salgamos; podemos ir a comprar o comemos algo en esa fuente de soda en la plaza que nos gusta. Podemos comer completos, ¿te parece?

—¿Me cambio entonces?

—Sí.

—¿Quieres que me cambie?

—Sí.

—Vale.

Pablo, entonces, se sacó la polera y la tiró como si fuera una pelota y cayó con precisión en el lavaplatos. Francisca miró el torso de Pablo y sus brazos y su vientre. Ya no era el niño que conocía tan de memoria. Ese cuerpo no era el cuerpo que tanto conocía, que tanto había acariciado. Francisca se dio cuenta en ese momento de que no había visto a Pablo sin camiseta en años, y le pareció que si bien aún no tenía el cuerpo de un hombre, tampoco era un niño. Se fijó que de los codos para arriba, su pecho y brazos estaban llenos de cicatrices blancas.

—Pablo, ¿qué te pasó? ¿Fuiste atacado por un animal? ¿Cuándo?

—Es una buena teoría, mamá —le dijo, mientras soltaba su cinturón y abría sus jeans. Francisca captó de inmediato que Pablo no estaba usando calzoncillos.

—Anda a tu pieza, mejor. Te vas a resfriar.

—¿Resfriar? Es el puto verano.

Los jeans manchados de pesto cayeron al suelo y Pablo, desnudo, los tomó y se los pasó.

—Habría que lavarlos, ¿no?

Francisca recordó las conversaciones con el doctor y la famosa escala de Tanner, y aunque trataba de no mirar, lo miraba y se fijó que entre su ombligo y su pene tenía un pequeño tatuaje, una palabra: *Unwanted*.

—Se me quitó el hambre. Me voy a ir a nadar. Prefiero nadar solo, así que no me mires, no vayas, no te metas en mis espacios, anda tú al fucking supermercado.

Francisca recogió la ropa y la llevó a la lavandería que estaba a un costado de la despensa. La olió y, debajo del intenso aroma del pesto, percibió aromas que no pudo descifrar.

Pablo nadó como una hora. Francisca se acercó a la ventana del living y se sentó a oscuras a escuchar el ruido del agua moviéndose. Conocía bien esa piscina, la temperatura del agua, el color amazonas-con-leche del líquido que siempre estaba contaminado de hojas y bichos por mucho cloro que le colocaba don Benito todas las noches, justo después de la puesta de sol. Sabía que a esta hora, el agua estaría tibia. Cuando el agua de la piscina dejó de moverse, Francisca escuchó ruidos en la pieza de Pablo y luego el crujir de la vieja bicicleta y la gran reja abrirse y cerrarse.

Ya llevaba veintinueve horas esperando que Pablo volviera.

¿Iba a volver?

La gente envía señales. Sutiles o directas, pero las envía. Francisca no las captó. El primero de noviembre pasado, el Día de Todos los Santos, la mañana después de la noche de los muertos o, como le decían ahora, Halloween, Francisca despertó temprano y miró por su ventana el río Calle-Calle que estaba escondido detrás de una tupida neblina que lo hacía parecer más lejos de lo que realmente estaba. Su pequeño hotel boutique y la casa de al lado donde los dos vivían estaba a menos de media cuadra del río, separados por un prado perfecto. Era un día tranquilo, no tenía pasajeros. Una pareja danesa ya mayor había reservado una habitación por tres noches y llegarían después de almuerzo, desde San Martín de los Andes. Francisca pensó en qué mariscos podía ofrecerles, mientras esperaba que hirviera el café en su vieja cafetera italiana. Se le ocurrió que quizás sería una buena idea invitar a Pablo al mercado, al otro lado del río. Quizás después podrían pasar al mall; Francisca quería comprarle ropa o darle dinero para que él eligiera su propias cosas.

Francisca abrió la puerta de la habitación de Pablo y lo vio en su cama, durmiendo. La poca luz del día apenas ingresaba a través de las cortinas café.

Pablo roncaba y abrazaba dos o tres almohadas.

Cuando se acercó a él le llamó la atención que tenía el pelo mojado y que olía a hierbas y a algo orgánico, fétido, y no a leña o a sopaipillas o a su olor característico: una mezcla imposible pero entrañable a camarín sin ventilar y zapatillas viejas, chocolate amargo, colonia Barzelatto, desodorante Speed Stick y talco Simond's para niños. Entonces se fijó que Pablo no estaba durmiendo con alguna polera o con su típico polerón termal azul, sino sin nada. Pensó que era tal el calor que había en esa casa por la Bosca y la chimenea y la cocina a leña, que no le dio mucha importancia. Mucho más tarde se daría cuenta de que las señales sólo lo son si uno las quiere ver, si uno las toma y las analiza y entiende de qué son, pero en ese momento sólo pensó que quizás había manchado su polera al masturbarse y la había escondido. Francisca nunca había sabido tocar esos temas, él nunca la dejó verlo desnudo a partir de cierta edad, pero las manchas y huellas y pequeños pelos le explicaban más de lo que a veces quería saber. Por un momento recordó lo cercano que se sentía a Pablo cuando lo mudaba, cómo se reía y se ponía nerviosa cuando el bebé tenía pequeñas erecciones en la tina, cuando dormían abrazados y ella sentía que estaba adicta a su olor. Le dolía sentir como él la había empujado lejos, casi expulsado de ese cuerpo que una vez sintió suyo.

Francisca salió de la pieza de Pablo y caminó al living. En el trayecto se percató de que algo no calzaba.

A la entrada de la casa, junto al paragüero, había un montón de ropa empapada. La entrada era de ladrillos rojos pulidos y la ropa —jeans, chaleco grueso, bototos, calzoncillos blancos oscurecidos por el barro, una bufanda que ella le tejió— había formado un pozo de agua sucia y hedionda. Al lado había un abrigo grueso de tweed verde musgo que nunca había visto y que claramente no era de Pablo. Le recordó los que usaba su abuelo. Trató de levantarlo pero pesaba demasiado; era como una esponja que hubiese absorbido litros y litros. Ahí sintió que había unas piedras enormes dentro de los dos bolsillos. Francisca se paralizó un instante y antes de pensar en algo más agarró toda la ropa impregnada a río —ese era el olor, el olor al agua del río— e intentó quemarla en la chimenea. La ropa mojada se negaba a prender y el living, poco a poco, se fue llenando de un humo blanco y un espeso olor a bosque, hojas y mariscos.

¿Qué había pasado?

¿Quizás Pablo había tomado mucho aunque tendía a no tomar?

¿Se había caído al río volviendo a casa de noche?

¿A dónde iba después que oscurecía?

Francisca sabía que no tenía amigos, pololas, que no iba a fiestas. Habrá ido al cine del mall, pensó. Pero por qué el abrigo. Pablo era un chico de parka, no aceptaba ni siquiera chaquetones. Francisca dejó las pesadas piedras en el jardín. Las colocó al lado de su plantación de fresas. Mientras las escondía en la tierra trató de no pensar en qué podrían significar o la razón por la cual estaban en esos bolsillos llenos de agua.

Un par de semanas después del incidente de la ropa empapada con el agua del río, Francisca estaba enfrascada en el tráfico que a veces colapsa la Pérez Rosales a la salida de los liceos, cuando decidió hacer algo que casi nunca hacía: pintarse los labios. Abrió la guantera, donde siempre tenía un kit de maquillaje de emergencia, y se encontró con un pendrive blanco sujeto a una cinta de raso negro; arriba

del pendrive venía un post-it amarillo que tenía escrito:

ÁBRELO!
Urgente! P.

Francisca llegó a su oficina, que estaba
en la parte de atrás del pequeño hotel. Cerró
la puerta y descolgó el teléfono y puso en silencio su celular. Insertó el pendrive en el
puerto USB y esperó unos momentos. El ícono apareció en su computador. Adentro ve-
nían tres ítems. Un documento en Word que
estaba resaltado en rojo y que sólo decía LÉE-
ME, así, en mayúsculas, y dos documentos
que tenían una gran Q azul como ícono que
decían: *despedida 1_ciber.mov*, y *2_pablo good-
bye pieza.mov.*
Abrió el primer documento.
Hizo doble click.

Mamá
Arrastra el otro documento, el .mov a tu
desktop. Ya revisé que tu Quicktime
está actualizado. Haz doble click. Te
aparecerá una «película». Un video de
mí. El video habla —creo— por sí solo.
Por si acaso, por si no logras abrirlo,
pídele a alguien. Tu secretaria sabe, pero que no lo vea, es PRIVADO. Si no lo
ves, creo que ya entiendes lo que es,
pero no se lo des a la policía pues lo
van a subir eventualmente a YouTube.
Perdóname pero velo.
Pablo

Francisca se fijó en la fecha: el último día de octubre, el día antes de ese 1 de noviembre que encontró toda su ropa empapada con agua del Calle-Calle.

Apretó play.

Pablo apareció en la pantalla del computador como un fantasma, a oscuras casi, sentado. Su vieja polera blanca se veía verdosa por la luz. Daba la impresión de que había otra gente cerca. Había un murmullo constante. Pablo tenía audífonos y una suerte de micrófono como los que ahora tienen los cantantes, que le daba un aspecto de astronauta. Esa no era su casa.

¿Dónde estaba?

¿Era de día o de noche?

¿Por qué tan oscuro?

La luz azulina de la pantalla lo hacía ver pálido, etéreo, no real. La imagen estaba lejos de ser perfecta. Tenía la fidelidad, recordó, de las películas en vhs. Pablo miraba la pantalla, miraba para los lados. De pronto pasó alguien con un chaleco de lana detrás suyo, pero se movía como si fuera un robot.

○ ○ ○   despedida 1_ciber.mov

Hey, mamá.
¿Qué tal?
Aquí me tienes.
Hola.
No me veo tan mal, ¿no?
¿O sí?
¿Muy flaco?
¿Demacrado?
Tantas pastillas me quitan el hambre.
Ya no tengo hambre, hace tiempo que no tengo hambre, hace tiempo que perdí las ganas hasta de... bueno...
... supongo que no tener hambre significa algo, ¿no?
...

...
Hola, aquí yo.
Prefiero esto que una carta.
Pensé en enviarte una carta análoga como en las películas
pero no...
un mail tampoco...
...

...

...
Espera, esta cosa no hace foco,
necesita más luz,
estoy todo pixelado...
voy a hablar con el Lucho...

////CORTE////

OK
I'm back
¿Aún crees que tengo futuro físico?
A veces te creo.
Te creía...
Te creo cuando me dices que soy guapo y lindo, y que
mis ojos son intensos y profundos y tengo pestañas largas
y una piel transparente. Te creo y me gusta escucharte o
me gustaba escucharte (ahora todo es pasado, ahora
hablo todo en pasado) porque entre otras cosas nadie
—ninguna mina desde luego, ni siquiera algún emo
perdido— cree eso o me lo ha dicho o me lo dirá...
...

...
Me iré sin haber vivido algunas cosas, pero supongo que
eso le sucede hasta a la gente más importante, a la gente
poderosa o que le ha resultado: a mí me hubiera gustado
lograr, hacer, vivir más y haber sentido menos (sentir
cosas malas, digo). Me hubiera gustado ser menos frágil,
más seguro, con más personalidad, más parecido a lo
que yo siempre quise ser...
...

...

...
Eh...
...

...
Pero el futuro ya no es tema.
No es tema.
El tema no es el futuro, mamá.
The future is gone...

...
I used to think
I used to think
There was no future left at all...

...
Creo que es cierto...
...

...
Think about the good times and never the bad
Never the bad
What would I do?
What would I do?
If I did not have you
...

...

...
Sí sé... no tengo voz
No tengo nada
Ni me tengo a mí
me traiciono y decepciono tanto...
El futuro para mí ya llegó, mamá,
es éste: es ahora
Now.
Que el futuro deje de ser tema es increíble, mamá.
El presente mejora de una.
...

...
¿Es posible vivir sin que nadie excepto tu mamá te trate
bien o te admire?
¿O te toque?
Digo, de manera *normal*, aunque a veces cuando te
empujo o me arranco cuando me acaricias es porque me
gusta, o sea, no es que me caliente, mamá, no tan
friqueado, no tan psicoanalítico, pero parece que la gente
que tiene piel necesita que se la toquen, que le hagan
cariño cada tanto, y nada, a mí nadie me hace o hizo
cariño, excepto tú, y prefiero estar muerto (no estar,
porque no creo que uno se muera, sólo deja de estar) que
depender tanto de ti.
¿Nunca has sentido dolor en el cuerpo, que todo, todo,
todo te duele y que pareciera y que sabes y que tienes
claro que ese dolor se iría de una si alguien te tocara? Así,
una mano en la espalda, en un brazo. Es como si el cuerpo
te dijera, te gritara, que necesita algo que no tiene.
Contacto con otro.
Da lo mismo quién.
Contacto, sentir.
No. No creo que hayas sentido algo así.
A veces, como ahora, creo que tampoco lo he sentido yo,
pero cuando llegan esos momentos, cuando llega este
puto dolor, sé que lo he sentido y sé que es verdad.
...

...
Dependo tanto de ti.
De ti dependo y tanto.
Tanto, que nunca, nunca te lo diría.
Sólo vía esta cámara, en Quicktime, y sí, esto es vodka,

ya van varios, pero no estoy curado, sólo tengo sueño,
mucho sueño, las pastillas te hacen flotar...
...
...
...
Uno, dos, tres...
Valdivia, we have a problem.
Este cyber huele a papas fritas y pitos y patas,
a estudiantes de la Austral
y a flaites que se pajearon acá.
Mal.
Mensaje a madre de huevón loser fracasado:
Testing...
Is the computer OK?
OK computer?
¿A ver...?
Pausa
...
...
...
Seguiré en mi casa.
Este sitio es tóxico.
Odio este puto pueblo.

Francisca vio como el video se detenía y quedaba fijo en el último cuadro y partió al baño corriendo. Luego de estar aferrada a la taza del baño por más de veinte minutos, dejó de llorar y asumió que no podía vomitar. Salió del hotel, cruzó el jardín y entró a su casa. Fue a su pieza, se tomó dos Ravotril de 0,5 y llamó al colegio. Le contestaron de inspectoría. Preguntó si Pablo Celis Infante (siempre le decía así, lo presentaba así, como para dejar claro que realmente era de ella y de nadie más) había asistido a clases hoy. Después de una leve pausa le respondieron que sí. Preguntó si era posible comunicarse con él ya que, de un tiempo a esta parte, su hijo no usaba celular. Le dijieron que no.

Ella les dijo que era urgente, una emergencia. El inspector le dijo que no había nadie en clases. Eran las cinco y media de la tarde y ese día el curso de Pablo salía a la hora de almuerzo.

Francisca caminó hasta la pieza de Pablo y abrió la puerta sin golpear, algo que nunca hacía. Ahí estaba, vivo, limpio, sano, perfecto, leyendo un libro en inglés (¿de dónde los sacaba?), con audífonos, tirado en su cama, tapado con un frazada.

—Estabas aquí.

—Sí.

—¿Estás bien?

—Sí. ¿Por qué?

—Por nada. ¿Almorzaste?

—Sí. ¿Tú?

—No.

—Javier me dijo que había pasajeros vegetarianos. Que iba a cocinar un kitsch.

—*Quiche.*

—¿Quieres que comamos con ellos, Pablo?

—¿De dónde son?

—De Vancouver.

—Vale. Pero más tarde, ¿cierto? Es temprano incluso para gringos, ¿no?

—Sí.

—¿Algo más?

—No.

—Eh... entonces más tarde. Estoy leyendo.

¿Había sido una buena idea salir de Valdivia y encerrarse los dos en Boco? ¿No hubiera sido mejor ir con su hermano y su cuñada y todos sus sobrinos a la casa que habían arrendado en el lago Ranco? ¿O quizás debió aceptar ir a Cochamó al fundo de los Hansen? Pero Pablo no se lleva bien con todos los hijos —¿cuántos eran? ¿seis? ¿siete?— de la Marcia y Ernesto. En eso se parecía a ella pero era aún más sincero: Pablo no se llevaba bien con nadie. Ella, en el fondo, tampoco pero no podía darse el lujo de alejarse de todos. Tampoco era normal —¿qué era ya normal?— encerrarse los dos en Boco. ¿O sí?

Lo habían hecho antes. Habían viajado: una Semana Santa en Buenos Aires con cruce en ferry a Colonia; un 21 de mayo en San Pedro de Atacama, para celebrar su cumpleaños (Álvaro nunca lo llamó para saludarlo); un mes entero en un bed and breakfast que era parte de la red hotelera alternativa a la que pertenecía en Seattle, hace sólo tres años. Pablo sabía tanto de ella, y ella, a pesar de todo, a pesar de todo lo que había averiguado, no se atrevía a conversar con él, no sabía nada acerca de su hijo.

¿Qué pensaba realmente?

¿Qué pasaba realmente por su cabeza?

¿Por qué si le había dado tanto tenía tan poco? Nunca le había presentado a un amigo o una amiga, y menos una novia, una chica que le gustara, nadie. Hubo una época, ya en Valdivia, en que lo llamaban dos chicas con nombres alemanes, pero él les hacía preguntas raras y pesadas y dejaron de llamar. A veces, Francisca revisaba el celular de Pablo y leía sus mensajes, pero casi no tenía, o eran cosas como YA o BUENO o ME DA LATA o SI-NO HE ESTUDIADO NADA :)

Lo curioso es que cuando estaba bien, Pablo estaba muy bien. Como ahora en Boco. O, al menos, hasta hace 24 horas cuando todo se vino abajo sin aviso por el pesto. Jugaban naipes, molían paltas, hacían pan integral, hervían damascos para mermelada, veían películas, que Pablo se conseguía en Internet o vía Lucas, de las que ella nunca había escuchado y que siempre le parecían raras pero personales, como si cada filme que veían juntos fuera una leve posibilidad de ingresar a la mente de ese ser tan complejo y aterrador y desvalido que era Pablo Celis Infante.

Todo, todo era su culpa, lo sabía. O lo sentía. Pasara lo que pasara. ¿Qué iba a pasar? A veces sentía que el panorama —el futuro, su futuro— no era más que negativo. Por ahora no veía una posibilidad de cambio. Quizás si Pablo viviera con su padre algo pudiera pasar, pero eso sería peor. Álvaro podía ser todo lo que era —todo lo que no era, en rigor— pero al menos tenía esa protección con la realidad, una suerte de escudo que lo hacía parecer o ser inocente cuando cometía las peores canalladas. No, nada de Álvaro en esta ecuación. No le parecía un tipo malo, sólo un tipo básico. Si nunca le envió plata, si vivió casi un año en São Paulo sin avisar, si nunca se enteró de tal o cual enfermedad, no era de perverso o porque se quería vengar o porque le daba lata, sino porque para Álvaro, Pablo simplemente no era tema.

———————

Francisca se levantó y fue al baño y encendió la luz del espejo redondo. Era una luz suave. Se miró las pequeñas arrugas que le estaban saliendo. No tenía canas aún. Tomó un pote de crema y empezó a hacerse masajes en la cara. Quizás cuando ya creciera, cuando ya pasara la peor edad, cuando Pablo pudiera estudiar lo que quisiera, podría estar tranquila. Tantas madres que conocía que nunca —nunca— temían por sus hijos, sino, por el contrario, gozaban con sus triunfos o aventuras. Estaba estipulado que no todo iba a ser fácil, que iban a quebrarse brazos o chocar o dejar niñas embarazadas o ser echados de la universidad o no tener dinero, pero esos problemas le parecían asumibles. El hecho de que Pablo fuera Pablo, fuera como fuera, fuera como ella quizás hizo que fuera, le parecía intolerable. Francisca no tenía muchas cosas claras pero sí una: que lo perdería pronto. Pablo, para sobrevivir, iba a tener que irse lo antes posible de Valdivia y, lo que era más doloroso, de ella. No confiaba en él. Pero no confiaba en los dos juntos tampoco. Sabía que para salvarlo tenía que dejarlo ir y arriesgarse a todo lo que Pablo podía hacer a solas. Eso quizás era lo que más la asustaba: Pablo a solas. Aunque a veces entendía que más solo de lo que Pablo estaba ahora era simplemente imposible.

Francisca regresó a la cama y agarró la sábana y la tiró al suelo. El segundo piso siempre había sido caluroso. Llevaba horas despierta, incapaz de dormir, agotada de tantas semanas —¿cuántas?— de una suma de insomnio, ruido interno, nervios alterados, que ni dos o tres pastillas de Ravotril al día podían calmar, y un sentimiento nuevo, pero a la vez no del todo desconocido, que mezclaba la culpa, el desánimo, el peso del fracaso y el horror de no poder hablar porque hablar de Pablo, hablar con Pablo de lo que le sucedía o de lo que casi sucedió, implicaba hablar de ella, de las cosas que había hecho y, sobre todo, de todo aquello que no hizo y quizás nunca ya iba a hacer, y eso era demasiado.

¿Cuándo iba a enfrentarlo?

¿Conversar?

La vez que se contactó, en Valdivia, con el psiquiatra de Pablo, al día siguiente de ver la primera parte del video que le dejó y encontrar toda esa ropa mojada, Ramiro Torres la interrumpió en forma violenta y le dijo que ella no tenía derecho de contarle nada que Pablo no quería contarle.

—Es una emergencia —le dijo—. Hizo algo... Casi hizo algo. ¿Sabes lo que hizo?

—Lo que Pablo hace son decisiones de Pablo, Francisca —le respondió, seco.

—Pero quiero que veas el video. Me dejó este video atroz... y se anda metiendo al río y...

—No puedo seguir hablando contigo, Francisca. De verdad. Te entiendo pero esto no funciona así. Si Pablo supiera que siquiera te contesté perdería todo lo ganado.

—¿Ganado?

—Adiós, Francisca. Tú haz lo tuyo, yo haré lo mío.

Salió al prado y miró el río. Lo miró durante un largo rato hasta que se acercó al pequeño muelle y se sentó en él. Se sacó los zapatos y hundió los pies en el agua que corría lenta. Era mucho menos fría que lo que pensaba. Más allá, dos chicos remaban en perfecta sincronización. Parecía que no estaban en el agua sino sobre ella. Los miró un rato hasta que desaparecieron debajo del puente. Francisca ingresó al hotel, saludó a Tom, un entrenador de fútbol viudo, de Wisconsin, que no paraba de leer thrillers de espionaje, le preguntó si tenía planes o si pensaba ir a las termas, y luego ingresó a su oficina. La cerró con llave. Sacó de su cajón dos Ravotriles de 0,5 y los deshizo en su boca sin tomar agua. Encendió una vela aromática y bajó las persianas.

Apretó play.

Pablo apareció en pantalla. La misma polera, que ahora se veía blanca. Pablo estaba en su pieza, en su escitorio. Atrás se veía su cama, su repisa, sus afiches de *Let the Right One In* y *Le feu follet*, que ella nunca había querido ver y que él tanto le recomendaba.

⊖ ◯ ◯   🎬 2_pablo good-bye pieza.mov

Parte dos, mamá:
Es más tarde,
es súper tarde
...
...
¿Me veo más?
¿A ver...?
Sí.
Sí, bien.
Hay más luz y esta computadora
es superior,
además, es mejor estar en casa.
...
...
Leí algo ayer en *Qué Pasa*: la mayoría de los adolescentes
en estado de riesgo se quejan (si es que son capaces
de articular su angustia) de que sus padres no los toman
en cuenta, aunque los odian o dicen odiarlos.
He leído harto al respecto
y he visto las peores películas
hemos visto las peores películas,
esas en que tú lloras porque sientes
que el chico soy yo.
Mi caso es otro, mamá,
me paraliza tu cariño
me tranca lo que siento y no siento
¿Se entiende?
Puta, la vida sería más fácil
si uno sintiera menos, ¿no?
Yo cacho que dependo demasiado de ti.
Ene.
¿Ya dije eso?
...
Puta, las pastillas...
Ando medio volado.
Tres Ravotriles. Lucas me envió una caja, buena onda el
Lucas, y no lo odies. Es lo más parecido a un hermano
mayor que he tenido. Y me ha enviado hartas películas

desde que cachó que lo mío es el aguantar, el tratar de
entender, el juntar fuerzas, me manda dvds o links a
torrent de películas que me sirven.
Lucas es mucho mejor que el huevón que me fertilizó.
Seguro que Roque también.
¿Por qué uno es de quien uno es?
Nada. Me da como asco,
y culpa, y pena y no sé qué más,
pero me produce cosas negativas,
me hace sentir cosas que no sé cómo sentir
o que siento demasiado y me da pena que me aleje de ti.
Pero no es que te odie
es que no sé ser yo y/o querer ser yo y...
Uf, el sueño...
con sueño, uno dice cosas...
... se suelta...
...
Eh...
...
Me cuesta o no entiendo cómo puedo ser yo
y seguir contigo cerca y no sé cómo estar sin ti.
¿Me explico?
A mí nadie me quiere, de verdad.
El cliché del siglo, lo sé.
Mal.
Patético.
De bloguero sin hits, es cierto.
Tampoco es que me odien. Bueno, sí, me odian su
poco, todo mi puto curso. Aunque sé que suena como
un mal tema de una banda loser de Myspace, la verdad
es que si se analiza, la verdad es que no me han
querido y no he querido fuera del ámbito familiar que, en
este caso, es más chico que la mierda.
Sí, sí sé, tú me quieres,
lo sé,
lo sé,
I know,
I really know it
pero eso no vale,
el amor de madre es como incondicional y casi
imposible no tenerlo.
Uno no lo gana: te llega de manera automática.
Si además de todo me odiaras o no me pescaras
como my father, the Álvaro,
mal, todo mal,
puta, ahí sí que la cosa estaría más oscura,
ahí sí que la luz se hubiera apagado qué rato.
...
...
...

(Pablo se levanta y camina a su cama y a su velador;
saca unas pastillas y se las traga; se queda ahí, tendido,
abraza una almohada por un largo rato. Luego,
por fin, regresa a la cámara; tiene los ojos rojos,
llenos de lágrimas).

I'm such a fucking loser
such a creep
Pablo Honey
I'm no honey, I'm nobody's honey
¿Por qué me bautizaron así?
cómo dejaste que él opinara de mí.
...
uf.
puta, qué calor...
...
Quizás te sientas parecido.
Creo.
Sé que no la pasas tan bien tampoco.
No soy huevón.
Cacho, miro, observo.
A veces creo que tú te sientes peor porque crees que yo
no te quiero y te va tan mal con tus minos, pero al
menos te agarras tus minos cada tanto y sabes que, a
pesar de todo, el tipo que te preñó te quiso o capaz que
aún te quiera y eso igual debe ser la raja: saber que
alguien anda obsesionado contigo, alguien que mira tu
nombre por horas en el Messenger, alguien que acabe
pensando en uno, alguien que cuando escucha un tema
no puede dejar de pensar en mí.
¿Uno se da cuenta si alguien está obsesionado con uno?
¿Se produce la famosa conexión?
Nada, sigo:
tengo un libretillo,
algunas ideas que anoté.
Me siento bien, bien,
bien, bien, bien
bien
très bien
really cool.
Me siento muy, muy libre, mamá;
muy, muy sano
y fuerte y seguro.
Un día tú me prometiste que cualquier huevada que yo
hiciera, tú la comprenderías y me darías la razón y no
tendrías rollo porque «tú cachái» y «eres atinada» y
porque eres joven.
Y tal como me dijiste esa vez hace siglos
cuando me llevaste al jardín infantil Dipsy de Vitacura
cuando aún vivíamos en SCL
y me pediste que si me preguntaban,
les contara a mis amiguitos (que nunca tuve)

que tú eras mi hermana mayor
y no mi madre
...

...
Ahora entiendo de más por qué no querías ser mi mamá.
O sea querías y lo eres y lo vas a ser para siempre
aunque no esté, pero claro, debe ser raro ser madre y
ser madre de un freak y un loser y un cagado y un tipo
que realmente no existe o no importa o que ni siquiera
sabe quién es o quiere ser, y la dura es que nunca he
sentido que me has cagado o no me has querido o no te
la has jugado y aunque hemos tenido nuestros malos
momentos y todo lo que uno ve en las películas de
padres e hijos o madres e hijas y todo eso, la verdad,
mamá, la verdad de las verdades es que, como dicen
cuando la gente quiere terminar con alguien o ya no
pasa nada de nada,
esto no tiene que ver contigo,
tiene que ver conmigo.
Otra cosa: me apena, me quiebra, me llena de culpa,
pensar lo que piensas de mí,
en cómo te he decepcionado,
en cómo sufres por mí,
porque sé que sabes que no la paso bien
y sé que quieres que la pase bien
y me echas de menos
y yo te echo de menos
y nada
nada
nada va a volver a ser como cuando tú y yo estábamos
como casados
y pasábamos todos los días juntos
y los fines de semanas íbamos al cine y a almorzar a
restaurantes de grandes
o leíamos o veíamos dvds de directores cagados de la
cabeza
o me hacías leer libros que no eran putos best sellers.
...

...
Ojalá nunca hubiera crecido,
ojalá nunca me hubiera llegado la asquerosa y
frankensteiniana pubertad
que me hizo mutar,
ser otro,
dejar de ser tuyo para transformarme
en alguien que terminó siendo de nadie.
...

...

...
Mamá, esto es lo que más tiene que ver conmigo
de todas las cosas que he hecho en mi vida y que haré
porque como es lo último que voy a hacer,
es clave que lo haga bien y que lo haga sin presión,

no de *poser*,
no porque nadie me quiere, sino porque es lo que yo
quiero
y uno debe hacer las cosas que uno quiere
aunque sea lo último que uno haga.
¿Me explico?
Si yo quisiera ser astronauta o actor o vaquero,
sé que me apoyarías.
¿Me apoyas?
Apóyame.
No me llevo bien conmigo.
A veces me desprecio,
me decepciono.
Espero tanto, tanto, mamá, que sé que no lo voy a lograr.
Lo más penca es que tampoco sé qué es lo que quiero
pero no es esto.
Dios, si existe, sabe que no es esto.
NO ES ESTO.
NO QUIERO ESTO!!!!
...
...
...
Tampoco voy a decir que lo siento.
Que perdón, que disculpas.
No me voy a disculpar por lo que hice.
Hay cosas por las que uno no puede disculparse.
Hay cosas que se hacen porque son necesarias.
No se hacen para dañar a otros.
Se hacen porque ya no te puedes seguir dañando.
...
...

(Pablo apaga la luz de su escritorio y sólo se ve
su silueta, pues dejó la luz del velador encendida).

No es por ser creído o arrogante:
no creo que me lo merezca,
no merezco padecer esta angustia que crece,
que te hace querer dormir y luego sueñas acerca de eso
y despiertas peor.
Por favor, trata de entender mi muerte.
No va a doler: juntos vimos *Las horas,*
¿te acuerdas?
y tú lloraste cuando Nicole Kidman con esa nariz se
mete al río
y te miré y era más chico y pensé:
no llora por ella,
llora porque la entiende,
porque lo ha pensado.
Ahora me gusta Valdivia
y por fin entiendo la razón por la cual está al lado del

Calle-Calle

...

this should end...
this is the end
my only friend, the end...
¿qué amigo?
qué unico amigo

...

...

Yo no estaba hecho para vivir más tiempo.
Duré harto.
Estoy enormemente cansado, decepcionado y triste,
estoy seguro de que cada puto día que pase,
cada una de estas sensaciones o sentimientos me irán
limando lentamente.
Entonces prefiero acabar de una.
Acabar ahora ya. Y así descansar.
Apagarse y no huevear más y que no te hueveen.
Descansar al fin.
No sabes lo cansado que estoy de estar mal.
Agotado y soy joven, pero me siento viejo.
Acabado.
Podrido por dentro.
¿Me entiendes?
¿Cachái?
De ti no guardo más que cariño y te debo una. Para
alguien como yo, has sido la mejor madre del mundo y lo
sabes y eso que no estabas preparada y nadie te enseñó
cómo serlo.
Yo quizás nunca aprendí a ser Pablo Celis.
Soy el que te pierdo.
Tengo todas las de ganar, porque estoy convencido de
que no me queda otra salida y que al otro lado será
mejor. Nací con la muerte adentro y lo único que hago
es sacármela para dejar de pensar y quedar tranquilo y
pasarla un poco bien para variar.
De verdad lo necesito.
Quiero dormir,
ando raja,
quiero pararla,
quiero bajarme.
También quiero que tú puedas partir de nuevo.
Por favor, no intentes averiguar nada de mí porque mi
interior es privado. Supongo que mi blog y mi Facebook
seguirán ahí. Los muertos son los que mueren, no sus
celulares o sus páginas. No leas mi mail. Regálale mi
ropa a gente que lo necesite: quizás los sobrinos de la
Vanessa, no sé, pero que sea alguien que estudie o que
quiera lograr cosas y que no tuvo las oportunidades que
yo tuve («cuico culeado, ABC1 concha de su madre») y
que, lo que es más triste, no aproveché («chico rico
triste»), aunque no tan rico, tú eso lo sabes o capaz que
sí, capaz que sí somos ricos comparados con toda la

gente que sale en la tele o que vive en esta misma isla o en Niebla.

Esto no es un acto romántico.

No soy tan poeta o emo, o lo que sea, para matarme por amor.

¿Cómo me voy a matar por amor si nunca realmente me he enamorado?

Sólo te he querido a ti.

Mantenlo anónimo entre los del colegio o la comunidad o la puta parentela.

No quiero ser de culto.

Eso sería lo peor: despreciado en vida, adorado post mórtem.

Crémame si me encuentran, pero no me tires al Calle-Calle.

Quizás en Boco.

He sido como feliz en Boco.

No dejo nada de obra pero no todos podemos ser artistas y ya hay demasiados artistas culeados *shuper* circulando por ahí.

Lo importante es que me voy tranquilo. Este acto ya estaba premeditado.

Tú prepara y organiza tu muerte también.

Es la única forma de vencerla, mamá.

Te lo digo en serio.

De no haber sido por ti, yo habría muerto hace años.

Si me voy, no es porque no te quiera, es que no quiero estar aquí.

Sígueme.

Tómate tu tiempo, ahora o después, analízalo.

En todo caso, nada: que no te dé vergüenza ni digas que fue un accidente.

No lo fue pero tampoco que salga en el diario.

Eso.

Hasta pronto.

Nos vemos.

Apúrate.

Estoy medio mareado, además.

Te quiero.

Mucho.

Creéme.

YO

(Pablo enciende la luz, mira la cámara del computador, fija la vista en el pequeño lente. Lo mira un buen rato; sonríe, tierno).

Ah: este video... este video es para que me puedas ver vivo, con mi voz, con esta piel, joven, no arrugado, sin

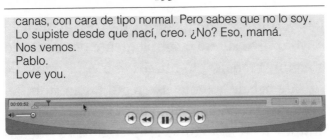

canas, con cara de tipo normal. Pero sabes que no lo soy.
Lo supiste desde que nací, creo. ¿No? Eso, mamá.
Nos vemos.
Pablo.
Love you.

Francisca llamó a Álvaro y éste contestó en medio de un asado o un cumpleaños donde sonaban canciones noventeras y se escuchaban risas, y Francisca inventó una excusa, algo acerca de plata, a lo que Álvaro le dijo «puta, estoy acá pasándolo bien y no, no tengo; quisiera poder ayudar pero a veces no puedo ayudarme ni a mí», así que no le dijo nada, como tampoco le dijo nada a nadie ni llamó a nadie más. Sacó el pendrive de su computadora y no le pareció nada mejor que lanzarlo al mismo río donde su hijo ingresó vestido con un abrigo comprado, lo más probable, en un local de ropa usada americana del centro de la ciudad.

Una tarde, en Olmué, en un café frente a la plaza copado de turistas, Francisca estuvo a punto de encarar a Pablo y preguntarle por el episodio del río y el pendrive que le dejó. Tenía claro que algo pasó en el río y fue algo positivo. ¿Una epifanía? ¿Terror? ¿Se arrepintió? Quizás

pasaron unos remeros o un barco y alguien lo
salvó o tuvo suerte o simplemente no se atrevió
a seguir. Francisca lo miraba comer la crema de
su café helado y tenía las preguntas en su boca,
pero no, no podía. Pablo ahora estaba bien, su
ánimo fluctuaba como el de todos los adolescentes, y si bien seguía siendo un chico que se
sentía más cómodo solo que con otros, algo había cedido. Quizás fue el miedo, el pánico, el
encarar la muerte en el río lo que lo hizo valorar
y darse cuenta de que estaba exagerando y que
su decisión era equivocada. *Apresurada.* No podía sacarse esa palabra de la mente. Quizás no
era el momento, pensó. Quizás eso fue lo que le
pasó por la mente cuando estaba en el río: Pablo
captó que no era su hora. Al menos no aún.

———

Lo del río fue un intento o quizás sólo
un show o una señal. Lo del pesto y sacarse la
ropa y mostrarle su cuerpo adulto y sus cortes
también lo era. La estaba testeando, probando,
toreando. Lo que la dañaba y quitaba fuerzas y
concentración y la hacía llorar en la ducha era
el video. Quizás algo tenía de actuación, de
llamado de atención narcisista, pero sabía que
no era tan importante la supuesta despedida
fallida, sino algunas cosas que dijo. Pablo en
ese video no mintió o exageró muy poco. Pa-

blo en ese video habló como nunca quizás le
había hablado a nadie. Y quizás por eso, porque Pablo sabía más de sí mismo que ella de
ella, no era capaz de tocar el tema. No podía.
Eso ya había pasado. Pablo estaba mejor. Y estaba el factor tiempo. Iba a pasar rápido. La
universidad libera y potencia a muchos. Quizás un viaje. Pero no juntos. Un viaje donde él
pudiera gastar toda su energía adaptándose,
conociendo, asumiendo desafíos y dejara de
pensar en él y, lo que más le dolía, en ella.

Francisca escuchó el ruido del agua de
la piscina caer sobre el pasto para que supiera
que no todo estaba tan mal como quizás realmente lo estaba. Pablo no necesitó decir una
palabra para que Francisca reconociera a su hijo, para que supiera que era él y no otra persona la que estaba nadando en la vieja piscina
revestida con azulejos verdosos en forma de ca-
lugas con que su madre había tratado de mo-
dernizarla, cuando heredó la parcela hace tantos años.

Pablo estaba en casa.

Pablo se estaba bañando a esta hora in-
sólita y eso era bueno, pensó.

Sólo los vivos hacen ruido y nadan. Sal-
picar y cruzar una piscina requiere energía, ga-

nas, un deseo de goce, y eso era positivo. Nadar es una lucha por sobrevivir, pensó. Si no nadas, te ahogas, y eso en sí ya era algo bueno. Con cada brazada, Pablo demostraba que quería vivir. O eso quería meterse en la cabeza Francisca. No importaba dónde había estado todas estas horas o qué había estado haciendo o con quién; ahora estaba en el agua y se estaba moviendo.

Un avión despega de madrugada, temprano, el primer vuelo del día desde la terminal aérea de Pinchay, en Valdivia. El 737 se eleva en medio de la neblina sureña que nunca cesa de impregnar toda esa selva helada. A Pablo le gusta la sigla del aeropuerto: ZAL. Cree que es lo mejor de Valdivia, o lo más digno y apropiado que tiene una ciudad mediana donde los que tienen son pocos y se conocen y se casan entre ellos y temen y/o desprecian a todos los que no son ellos. Más que una sigla, ZAL le parece un código, un password, un anagrama de thriller, y esto le parece —sin dudas— lo mejor de la ciudad: mejor que la isla donde vive; mejor que el festival de cine anual donde exhiben cintas con las que siempre se duerme o termina no entendiendo «ni pico»; mejor que los campeones de remos a los que ve practicar todas las mañanas desde su ventana y que odia porque él tiene la coordinación de un mono de nieve y nunca va a ser campeón de nada; mejor que el estilo chilote-Cobain-chic que adoptan los jóvenes que llegan a la Austral creyendo que Valdivia es Seattle.

Pablo no entiende de dónde salió la letra zeta de la sigla. Las otras dos, deduce, vienen de la segunda y la tercera letra del nombre, ¿pero la zeta? ¿Por qué Valdivia no tiene la sigla VAL? Pablo secretamente asocia ZAL con salir, huir, escapar, zafar; no con el mineral marino que se usa para acentuar el sabor de las cosas. Sal de aquí, sálete, no me dejan salir. Pablo intuye que él es el único en toda la ciudad que sabe que esa es la sigla aérea del «puto aeródromo» y tiene claro que él es el único que se refiere a la ciudad con ese corto sobrenombre. Esto lo hace sentir-se superior al resto de sus pares que desprecia, envidia y teme. El chico revisa su itinerario: ZAL/SCL/FRA/SCL/ZAL. El viaje en tren de Frankfurt a Mannheim está en otro boleto y en su bolso en el compartimiento superior. Pablo se aprieta la nariz y sopla para destaparse los oídos. Mira por la ventanilla y ve el pasto hú-medo por el rocío de la noche, unos pantanos, el río, varios esteros, vacas, cerros verdes, todo verde, siempre verde, el color que más odia en el mundo. El tipo de traje que está a su lado se coloca un antifaz y echa para atrás su asiento. El chico abre una bolsa de plástico con una fraza-da dentro y se tapa las piernas que hasta hace poco no tenían casi vello. Pablo viste shorts khakis extralargos y unas Adidas sucias. El chico ajusta su asiento y hojea una revista. Mira pero no lee un reportaje que explora y celebra las ventajas de las redes sociales. Le parece cuatro años atrasado. Opta por un artículo acerca de unos conventos medievales belgas. Luego, toca y juega con la pantalla de su iPhone hasta llegar a un capítulo de *Family Guy* que descargó pero no ha visto. El avión alcanza altura de crucero y deja muy abajo las nubes negras que siempre mojan ZAL. Pablo se tapa los ojos con la capucha de su canguro azul e intenta dormir todo lo que no durmió anoche mientras pensaba en su escala de dos horas en SCL.

Una pieza sencilla, sin lujos pero no de alguien pobre. Más bien pobre en diseño y look; un tipo dejado. No parece el hogar de un diseñador gráfico. No hay imanes en el refrigerador o sillones verdelimón o un sofá rojo como el de TVN o afiches del MOMA o una de esas lámparas con aceites de colores que se mueven de arriba para abajo todo el día, que llaman *lava*. Es un departamento de un ambiente en el piso 18 de un edificio que aún huele a nuevo y que tiene una piscina en el techo a la que el dueño de casa nunca ha subido. El departamento intenta tener algo de loft al unir la cocina con el living, pero el efecto es más de apart hotel. En vez de ser más acogedor, es frío y predecible. El edificio es quizás un Paz Froimovic o un Penta; en el fondo son todos iguales, tal como es casi idéntica la decoración. «Todos al final vivimos en departamentos piloto; aterra saber que la gente es tan igual», le comentó la primera chica que durmió con Álvaro ahí cuando aún las ventanas no estaban cubiertas. Tiraron un domingo en la mañana y sintieron como miles de ojos de departamentos cercanos practicaron el arte del voyeurismo y eso a Álvaro le pareció de alguna manera caliente y casi jugado. Casi todos los departamentos de esta torre con gimnasio y lavandería y sala multiuso son para gente sola o parejas que se llevan muy bien y pueden vivir en muy pocos metros cuadrados. La habitación de Álvaro está en el límite de lo confinante. Es pequeña, avara, y la cama king reduce el espacio aún más, pero al menos es *su* departamento. Terminará de pagarlo cuando cumpla cincuenta y cuatro años. Álvaro no se imagina de esa edad ni desea vivir ahí a esas alturas, pero cree que es mejor que botar su dinero en arriendo. Ahora tiene sueldo, contrato, beneficios, previsión, todo. Las ventanas ahora están tapadas con papel diamante que pegó con cinta adhesiva; el sol matinal, aun así, ingresa fuerte y quema su rostro. En el living hay una mesa de madera, que en rigor es una puerta comprada en el Home Center, atestada de pesados libros Taschen. También hay un laptop color acero descargando unos torrents. Debajo del futón hay una vieja caja de galletas Hucke de metal llena de lápices de colores que nunca usa. Las sábanas café son de Casa&Ideas, como casi todo el menaje. En el muro de su pieza hay un afiche con un centenar de letras *A* en distintas tipografías, que le regaló Ariel Roth como regalo de tijeral cuando inauguró su departamento y llegó menos gente de la que esperaba y sobraron cuatro botellas de ron. El suelo es de piso flotante color barquillo que se nota que es flotante y no de madera. Justo a la salida de la cocina el piso está hinchado, deforme, porque una vez se le reventó una botella de chirimoya sour y aunque secó, el líquido se metió y arruinó el piso. No llevaba ni una semana y hasta el día de hoy dice que lo va a cambiar. Aún no lo hace. También hay un sillón tipo puf de cuero falso negro tapado de poleras, ropa deportiva sudada, zapatos, sandalias. En su pieza no hay velador porque no cabe; solamente una lámpara ajustable que sigue prendida. Debajo de ella hay un estuche de plástico naranja donde reposa una prótesis transparente contra el bruxismo y un montón de papel confort arrugado y seco. En un rincón, una ordenada colección de *Graphics Arts Monthly* y, esparcidos, números abandonados de *I.D.*, *Eye* y *The Clinic*. Una radioreloj indica las 9.14. Álvaro Celis duerme. Una sábana le tapa los pies. La polera Pepsi Challenge que tiene puesta delata que está transpirando. De pronto Álvaro abre los ojos, de una. Mira el reloj. Cara de espanto, cara de estoy atrasado por la puta.

Álvaro en la ducha. Cae el agua. La ducha es también tina y los azulejos son blancos. Las toallas, grises. La ducha es de esas con puerta de vidrio, como las de los hoteles. Álvaro se fija en que sus ojos se ven inmensos en el pequeño espejo que tiene atornillado al muro. Los ve negros pero rojizos, los ve con ojeras. Su barba tiene tres, cuatro días. En el centro de su pera hay unos pelitos blancos. Lleva el pelo corto, con un no-corte escolar. Álvaro se jabona con uno de avena con olor a papaya con granos exfoliantes que se sienten bien cuando se los pasa por las bolas y por su vientre, que está al menos liso y digno. Ahora que está flaco se siente bien, se siente mejor, se siente joven. Ahora usa las cremas francesas que le recomendó Blas antes de partir a Colombia a trabajar en una telenovela de época; ahora se lava el pelo con un champú japonés de algas que cuesta más que una botella de vino de exportación. Álvaro abre la puerta de vidrio y saca una tira metálica de pastillas que está sobre el lavamanos: Ravotril 2 mg de Roche, que le vendió Lucas un par de semanas atrás. Se le están acabando. Debería llamarlo, piensa; también le puede pedir dvds. Se ha prometido dejar de ver porno on-line. El fin de semana pasado tomó una pastilla entera para dormir siesta y se fue a negro por cinco horas hasta que lo despertó la alarma de un auto. Saca un Ravotril y se lo lleva a la boca. Álvaro abre la boca, deja que se llene de agua caliente y se lo traga.

Pablo saca de su bolso una caja que le recetó Torres, su psiquiatra rapado y con oficina con afiches de Los Tres y *La Negra Ester* en la calle Picarte. Recuerda cuando wikipidió el remedio, antes de saber que Lucas García se lo podía pasar gratis, de buena onda, para satisfacer sus impulsos de tío cool/padre ejemplar.

RAVOTRIL: Tanquilizante menor. Ansiolítico. Anticonvulsivo. Laboratorio Roche. También comercializado en algunos países como Rivotril. Composición: cada comprimido birranurado contiene: clonazepam 0,5 mg o 2 mg. En la actualidad la principal indicación de RAVOTRIL es el tratamiento de la crisis de pánico y trastornos de pánico.

Pablo avanza por el pasillo del avión. La mayoría de los pasajeros duerme. La cabina huele a pan microondeado. Llega al fondo. Las azafatas están sentadas. Una hojea *La Tercera*; la otra se mira las uñas.

—Estamos por aterrizar, tiene que volver a su asiento —le dice la más rubia.

—Tengo que tomarme algo.

—De verdad tienes que volver a tu asiento —le responde más seria, como a cargo.

—Es importante. Me lo dio mi psicólogo. Voy dos veces por semana. *Mal,* lo sé, pero estoy en tratamiento. No quieres *saber* lo que a veces hago. O lo que una vez hice. *Mal.*

La azafata es joven y tiene los ojos verdes.

—No puedo tragarme una pastilla sin agua —le explica el chico.

La azafata se desabrocha el cinturón y abre un compartimiento de acero inoxidable. Le pasa un tarro de ginger ale light.

—Yo tampoco puedo —le confidencia—. Ni las aspirinas.

Pablo empuja la pastilla birranurada de su estuche de metal y plástico. Relee: Ravotril 0,5 mg. Roche.

—¿Nervioso?

—Un poco —y sonríe, apenas.

—¿Algo importante?

—Algo.

El chico saca la pastilla de su envase y ésta cae al suelo. Abre el tarro, toma un sorbo y se traga la pastilla. Le da las gracias a la chica. Camina a su asiento. El avión, en efecto, está descendiendo.

———

Álvaro, con casco negro, jeans negros gastados, casaca, viaja arriba de una motoneta roja, rumbo al aeropuerto. Anda sin corbata, con una camisa con rayas verdes, un canguro azul de la ropa usada, mocasines negros con suela con doble aire. Avanza por Pedro de Valdivia, que está vacía, cubierta de árboles y pájaros que chillan. Aún quedan los adornos y las luces de la Navidad que recién pasó. Sigue. En los paraderos del Transantiago ve el nuevo afiche que Ariel Roth hizo para *Uno*, la cinta-dearte que ahora se va a estrenar en todo el país. Ve la foto de Blas Fuentes, sin afeitar y con el bigote que todos los cool ahora usan, dominando el afiche desaturado para que se vea más intenso de lo que realmente es. Blas en todas las esquinas, rodeado de palmeras. Respira hondo. Sigue. Cruza un puente nuevo sobre el Mapocho. Álvaro mira el sol que ya está arriba de la cordillera. Sólo hay nieve en los picachos más altos. A la altura del Hotel Sheraton San Cristóbal ingresa a la Costanera Norte. El túnel desprende una luz amarilla, química. Las inmensas hélices de las turbinas que ventilan la carretera subterránea lo remecen. Cuando pasa por los lectores de radar color púrpura escucha el beep de su tag. El túnel termina y el sol matinal le quema los ojos. Inmensos letreros llenos de color anuncian celulares, carriers, televisión satelital. Nokia, Siemens, Telefónica, Claro, Entel PCS, 188, 123. Comunicación, comunícate, mantente siempre comunicado. ¡Llama ahora!

Álvaro camina por la terminal del aeropuerto de Santiago, SCL, con una mochila negra en su espalda. De lejos, el casco de su moto asemeja una bola de bowling. Mucha gente arribando, embarcándose, esperando, escapando, pensando.

Álvaro va al sector de las llegadas nacionales y mira la pantalla.

Se fija:

PROCEDENCIA: VALDIVIA - CONFIRMADO: 10.05 horas.

Mira su celular y ve que son las 10.02. Sonríe aliviado.

———

Pablo, con el respaldo enderezado y el cinturón puesto, mira como se acerca la tierra. Todo se ve seco. A lo lejos, la ciudad de Santiago escondida detrás del filtro sucio y sepia de la contaminación. La luz ingresa fuerte por las ventanas e ilumina las cabezas de los pasajeros. Aterrizan.

———

Álvaro termina de tomar un express en la cafetería del aeropuerto frente a las llegadas internacionales. Lo hace de pie, en la barra. Mira los diversos tipos de panes y pasteles y aspira el olor parisino que acompaña el nombre del local.

Habla por su celular:

—Dile algo, pero no que voy a llegar antes de las trece. Imposible. Quizás a las catorce y media. Esto es una cosa familiar, privada. Mía.

—Tú sabrás —responde la voz femenina al otro lado de la línea—. Debiste enviarle un mail avisando al menos. Siempre lo haces todo mal.

—Sí sé, pero nada, llegaré. Tarde pero llegaré. No hago todo mal.

—Pudiste haberte quedado hasta tarde y haberlo dejado listo.

—Sí sé. Pude.

—Se avisa antes, no después, Álvaro. Por eso me das lata. El libro tiene que estar listo para la imprenta a las seis. Tiene que estar para la Feria de Viña. Es un libro de verano para leerse en verano. La Andrea lo quiere urgente. Ya enviaron las invitaciones al lanzamiento.

—Sí sé —responde mientras paga la cuenta.

—Espero que sea importante. ¿Lo es?

—Lo es.

Pablo camina por la sección de llegadas nacionales. Cada tanto mira los letreros. Anda con un bolso-mochila inmenso, que casi no lo deja avanzar. Ahora luce un abrigo tipo montgomery azul marino, shorts largos, sandalias, polera celeste, un canguro amarrado. Parece un surfista en su primer viaje a la Antártica. Anda con unos audífonos. Escucha *Videotape* pero decide que quizás lo correcto, lo adecuado, es *Nude* y hace click en su iPhone. Pablo le donó un dólar a Radiohead cuando descargó *In Rainbows* usando la MasterCard de su madre. De pronto se sienta, deja el bolso y termina de escuchar el tema, y sí, se siente desnudo, expuesto, abierto y a la vista. En un televisor aparece un documental sobre las bellezas de Chile. Lo mira. Aparece el río Calle-Calle y el fuerte de Niebla. Pablo se levanta, sigue caminando, baja una escalera automática, se sube a una correa transportadora y llega a los carruseles. Su maleta es la única que está circulando. La coge.

Álvaro mira el letrero con todos los vuelos nacionales y como, cada tanto, la información se va actualizando. El vuelo procedente del sur ha aterrizado. Mira a la gente salir. También salen pasajeros de otros vuelos. Un grupo de americanos de tercera edad, de buzos muliticolores y panzas vencidas, salen con muchas maletas y ponchos de alpaca, de un vuelo que seguro llegó de San Pedro vía Calama. En eso ve a Pablo. Empuja un carro con una maleta dura, verde, plástica; arriba está el inmenso bolso-mochila que se balancea a punto de caerse. Pablo ve a Álvaro pero desvía sus ojos hacia otro lado. Intenta hacerse el que no lo vio, pero Álvaro lo sigue mirando y levanta su mano. Pablo se coloca el capuchón del abrigo y sus ojos desaparecen. El rostro de Álvaro se desencaja un poco. Traga. Pablo avanza entremedio de otros pasajeros y dobla hacia la dirección contraria de donde está Álvaro. Pablo se detiene y mira a la gente que espera. Álvaro avanza entre los taxistas que sujetan letreros con nombres extranjeros y llega donde él. Le toca el hombro. Pablo se da vuelta y se saca la capucha. Se miran. Pablo le estira la mano. Se la dan, en silencio. Pablo la retira y mira hacia abajo.

—Tanto tiempo —le dice Álvaro.

—Harto.

—Mucho, sí. Estás más alto. Más... ¿Cómo estás?

—Con sueño.

—Tenemos dos horas.

Pablo sonríe a medias. No dice nada.

Silencio.

—Mi otro vuelo va a durar catorce —le dice como para tapar el silencio—. *Catorce.* Tengo que hacer check-in acá. No me dejaron embarcarla en ZAL.

Silencio.

Pablo saca de un bolsillo de su abrigo su iPhone y le inserta unos audífonos al celular. Se los coloca y aprieta unos botones.

—¿Qué haces?

—¿Qué crees?

Álvaro frunce el ceño. Mira el tablero. Mira el celular de su hijo.

—¿Qué estás escuchando?

—No creo que los conozcas —le dice y se saca sus audífonos.

—Estoy más al día de lo que crees. Soy joven. Tengo blog.

Pablo lo mira para arriba y para abajo y hace un gesto como de «creo que voy a vomitar» o «no te creo».

—*In Rainbows.*

—No los cacho.

—Es un álbum. De Radiohead. *Tu* Radiohead.

—¿Sí? ¿Cuándo salió? ¿Es nuevo?

—Ni tanto. Yo pensé que te gustaban.

—Sí, claro... Fueron muy importantes para mí, pero...

—Me carga la gente posera. ¿Fuiste a la pista atlética cuando vinieron en marzo?

—Estaba corto de plata.

—Uno junta dinero cuando quiere ver a alguien que le importa.

—Cuando se es mayor se tiene menos tiempo para estar al día, Pablo.

—Pensé que eras joven. ¿No tienes un blog acaso? ¿Twitteas?

Silencio.

Pablo lo mira, la piensa unos segundos y esconde su teléfono.

—No tenemos mucho tiempo.

Álvaro mira su modesto celular.

—Tenemos poco tiempo, sí. Dos horas. ¿Tienes hambre?

—Sí. Harta. Arriba me dieron unos putos alfajores.

—Genial —responde Álvaro, sonriendo—. Genial.

———

La fila frente al counter de Lufthansa. Al menos una cincuentena de personas con todo tipo de maletas, guitarras, esquís, cajas metálicas que al parecer contienen equipos de filmación. Hay pasajeros muy rubios y otros muy morenos y de todos los tipos físicos. Pablo vuelve a sacar su iPhone, aprieta unos íconos, se conecta a la red, googlea weather report. Álvaro, que es más alto, mira.

—Está nevando allá. Bien —comenta Pablo—. La nieve es mejor que la puta lluvia.

———

Los dos en la fila, no hablan.

Silencio.

Ambos miran como, más allá, un tipo envuelve en plástico transparente unas maletas. Los bolsos giran alrededor de una suerte de dispensador de esa película transparente con el que tapan potes y postres y ollas. Pablo escucha música de su celular. Álvaro revisa el pasaporte y los papeles notariales que le permitirán a un menor abandonar el país. Luego coloca la maleta sobre la pesa. La funcionaria de la aerolínea le pasa un boarding pass al chico. Pablo mira hacia un grupo de adolescentes que viajan en grupo a un país que parece tropical porque andan todos en trajes playeros. La chica de la línea aérea toma la pesada maleta y le coloca un sticker que dice FRA.

Los dos salen al aire libre, a un calor seco. Hay un leve olor a combustible de avión. Un Copa despega y ambos lo miran desaparecer entre la bruma. Álvaro lleva la delantera y arrastra el bolso-mochila de Pablo.

—De bolso de mano esto tiene poco —le dice.

—Sí sé, esa es la idea. Es por si necesito mis cosas durante el vuelo.

Cruzan hacia el Holiday Inn que está

justo enfrente de la terminal. Ven el agua de la piscina reflectante, una escultura que asemeja un cóndor, muchas piedras pulidas y japonesas. Pablo extrae su iPhone del bolsillo y, sin mirar por el visor, empieza a tomar fotos mientras caminan.

—¿Me tomas una a mí? —le pregunta al pasar Álvaro—. ¿De recuerdo?

—Te recuerdo, no te preocupes.

Restorán del hotel del aeropuerto.

Los dos están de frente el uno del otro. No se miran. Tratan de no mirarse. Cuando uno mira hacia otra parte, el otro lo mira, a la rápida, sin que se note. Detrás de ellos, como fondo, hay un inmenso ventanal de al menos dos pisos de altura y una fuente de agua.

Pablo observa los transfers descargar pasajeros y a las tripulaciones con uniforme subirse a minivans para irse al hotel. Un inmenso 767 de FedEx cruza a la distancia el cielo y Pablo piensa en Tom Hanks y en la pelota Wilson. Álvaro enfoca su mirada hacia el inmenso y cómodo business center lleno de hombres de traje que le hablan a sus BlackBerrys, que chatean, que revisan el Dow Jones, que memorizan presentaciones en PowerPoint mientras miran CNN en mute.

Pablo juega con el resto de su Sándwich Club, con los cubiertos, con un salero, con unas papas fritas desanimadas.

—¿Tu madre? —le pregunta Álvaro.

—Bien.

—¿Sale con alguien?

—¿No? ¿Tú?

—A veces ¿Tú?

—A veces. Poco. Es tema mío. No creo que te interese.

—Me interesa.

—Pero son *mis* temas —le responde—. ¿Le hablabas de *tus* cosas a tu padre?

—No —responde Álvaro antes de callar por un rato.

Silencio breve.

—Mi padre era muy distinto, conservador —le dice—. No hablaba y no me enseñó mucho.

—Tú tampoco me enseñaste nada. Y también eres conservador. Ene.

Silencio.

Largo silencio.

—Hablando de tus cosas...

—¿Sí?

—Cuesta saber de... de ti... Además, tu madre tampoco me cuenta mucho.

—Bien.

—No es fácil enterarse de ti.

—No tengo nada que compartir con el resto. ¿Para qué?

Silencio.

Despega un Lan.

Aterriza un Iberia

Taxea un Delta.

—¿Te piensas casar un día?

—No creo, no sé. Quizás. A lo mejor. Ojalá.

—¿Ojalá?

—No sé, Pablo; lo dudo.

—¿No voy a tener hermanitos con problemas que yo voy a tener que criar?

—No, no creo.

—¿No crees?

—No.

Silencio.

—Allá conocerás a muchas chicas.

—Pero no podré hablarles —le responde rápido el chico.

—A eso vas: a aprender alemán.

—No voy a aprender en tres meses. No he aprendido en dos años en ese puto colegio nazi. Las rubias, en rigor, no son tan ricas si no se maquillan. Además, no hay nada alemán que me interese. ¿Qué grupos cantan en alemán? ¿Qué películas buenas alemanas has visto?

—Es una potencia.

—China es una potencia. Sería más freak pasar un par de años en Beijing.

Silencio.

—¿Cómo pasaste la Navidad?

—Ahí.

—Te iba a llamar pero...

—Me da lo mismo la Pascua. Son fiestas familiares para los que tienen o creen tener familia. Todo bien, asumido. Igual es puro comercio, viejos pascueros sudados, pan de Pascua seco, curas que manosean pendejos y luego hablan de la puta paz. *Mal.* ¿Tú qué hiciste?

—Vi la última temporada de una serie que descargué. Al otro día almorcé con tu abuelo.

—No es mi abuelo, es tu padre. Lo he visto dos veces.

Silencio.

—Igual es rico pasar un verano allá, en el invierno, lejos de Valdivia. Te envidio. Te vas a sentir más libre. Te hará bien. Creo que es una buena oportunidad para ti.

—Voy *sólo* porque mi mamá ahora tiene un mino que tiene como veintiocho y es como procisnes y ecologillo y come semillas y arándanos. *Mal.* Ahora se quieren ir al norte a fumar pitos, y a mí me fletan a Mannheim que dicen que es como la ciudad más nada e industrial de Naziland.

—Quizás podrías ir a Berlín. Deberías. Los mejores dj están ahí. Hacen unas fiestas increíbles. Está el Love Parade en el verano.

—Pero voy a estar en el invierno, tapado de nieve, cagado de frío.

—Allá las casas son calientes.

—¿Cómo sabes?

—Me han contado.

—¿Has ido a Europa?

—Todavía no. Quiero ir a Tailandia y Camboya, primero.

—Obvio.

Álvaro mira a Pablo y decide no contestarle.

Silencio.

Más silencio.

Pablo saca el tocino frío de su sándwich y lo deja al lado.

—Mi mamá también se cree joven. Por lo menos ya no se agarra a los universitarios de la Austral. Este huea es como muy North Face. Tiran mientras ven Animal Planet. Puta: *tengo* oídos. *Mal.* Mi mamá me quiere lejos por un tiempo para «vivir» y para que yo no la observe, yo cacho. Como ahora ella tiene plata, se puede dar el lujo. ¿Sigues pobre?

Álvaro no dice nada. Calla. Mira como cargan a lo lejos un 737 de Aerolíneas del Sur.

—El Año Nuevo lo vas a pasar allá.

—Seis horas antes que tú.

—Capaz que te toque una fiesta divertida. Con mucha cerveza. No sé cómo celebran allá. Capaz que tu familia adoptiva sea buena onda. Seguro que sí.

—Seguro que esperan que llegue con un traje folclórico y diciendo que fui torturado por Pinochet. Y tú, ¿vas a ir a una rave?

—Estoy invitado al muelle Barón en Valparaíso. Hay una media fiesta organizada por Red Bull. Van a ir ene amigos.

—Wow. Qué suerte. Es cool tu vida. El otro día te vi en el diario en una fiesta medio gay en un hotel fashion todo rojo. Esa mina es como de la tele, ¿no? ¿Te la agarrái? Es rica. Bien rica. ¿Tiene mi edad?

—No, no, es bastante mayor.

Pablo sorbe un poco su Coca-Cola. Mira su teléfono.

—Oye, ¿podrías pagarme una universidad acá en Santiago? Es como cara. Mi mamá quiere que me quede allá, con ella, cerca. Yo no quiero, mi cagando. No podría. Allá, además, no hay Audiovisual.

—Valdivia es precioso. Es la ciudad más linda de Chile. Me hubiera encantado estudiar allá con ese aire, ese paisaje.

—No es una ciudad, es un pueblo grande. ¿Lindo? Relindo, sí. Cuando todos te odian, todo se ve feo. Cuando conoces a todo el mundo y nadie te conoce a ti, da lo mismo las nubes, el río, el cielo, la lluvia que no para, sigue y sigue. Si Valdivia fuera tan la raja y lindo y la cagada de maravilloso, puta, nadie se mataría. Fuck, ene gente se mata en sitios preciosos, increíbles. París, Seattle, Cali, Mar del Plata. Ene gente increíble se mata, punto. Virginia Woolf en el río Ouse, que es bastante más lindo, dicen, que el puto Calle-Calle.

—No creo que sea tan así.

—Allá no hay nada excepto gente que ve tele y fuma pitos a orillas del río. Créeme. Yo vivo ahí. Sácame de ZAL, por favor. De verdad. No estoy bromeando. Es urgente. Necesito salir.

—Luego podemos ver eso.

—¿Luego?

—Sí, luego.

—¿Cuándo? ¿Cuándo tenga treinta y tres? Nunca —*nunca*— me has tenido una pieza.

No te lo estoy sacando en cara, te lo estoy comentando. Sé quién es Freud. He ido al psicólogo. Hablamos de ti.

—De qué hablan.

—Cosas mías.

Callan.

Silencio.

Pablo se toma el resto de su bebida y masca los hielos.

—El mino de mi mamá —Facundo; Fa-*cun*-do— tiene dreadlocks, huevón. *Mal.* Se cree rapa-nui porque vivió allá como tres meses y fue una vez al festival de cine que hacen allá y se quedó. Le gusta oler natural porque dice que es orgánico. El huea tiene el CI de un moái, huevón.

—No me trates de huevón, soy tu padre.

—Tienes como nueve años más que yo, ¿quieres que te trate de *don*? ¿De *usted*, como los cuicos?

—Diecisiete. Tengo diecisiete más que tú.

Callan.

Álvaro lo mira, se fija en el mentón de Pablo. El chico tiene una pelusa fina que el sol que cae por la ventana subraya.

Silencio.

—Te está saliendo barba ya.

—Ojalá. No aún. Igual le doy como caja al Benzac, eso sí. ¿Sabes lo que es Benzac?

—¿Una droga?

Pablo lo mira fijo, a los ojos, y luego se ríe un poco.

—Es un remedio para la grasa. Es una crema. Sudo grasa. ¿Te pasaba?

—No.

—¿No?

—No.

Silencio.

Los dos miran a la gente ir con sus maletas a los estacionamientos.

—¿Seguro que soy tuyo? —le pregunta el chico—. ¿No soy de tu amigo? ¿De ese Roque que se mató en la nieve arriba de un andarivel?

—No se mató arriba de un andarivel. Se mató en la nieve, pero en un refugio. ¿Quién te contó eso?

—Mi mamá. Creo que lo amaba. Ese sí que era un loser, parece. O un freak de primera. ¿Es verdad que yo me iba a llamar como él?

—Sí, pero luego de lo que pasó me negué. Sentí que te podía dar una carga negativa.

—No resultó.

—Ni digas eso.

—Digo la verdad nomás. ¿Cómo se mató?

—Tú estabas por nacer. Fue hace tiempo. Roque realmente no era amigo mío. Por lo que se sabe o se dijo parece que subió a El Colorado en su auto, al refugio de sus padres...

—¿Donde fui concebido?

—Sí, ahí. Y no había nadie, era como fin de temporada, pero seguía nevando y se metió a una tina y se abrió un par de venas.

—¿Un par?

—Creo. Una de la pierna o el pie. Es como un mito de mi generación. Estaba escuchando The Smiths.

—Mal.

—Lo encontraron congelado en la tina.

—¿Congelado?

—Sí, dejó todas las ventanas abiertas, y la del baño también. A los tres días lo ubicaron. El agua estaba hecha un cubo de hielo. Rojo.

—¡No!

—Sí.

—Me cae mejor. Puta, la cagó. Mediático el culeado. Igual podría ser de él. Quizás mi mamá me está mintiendo.

—Eres mío, ciento por ciento. Tenemos el mismo ADN. Tenía dieciséis años, Pablo. Dieciséis. ¿Te imaginas teniendo un hijo ahora a los dieciséis?

Silencio.

—¿Por qué no acabaste afuera? ¿Por qué no te pajeaste al lado?

—¿Has tirado?

—Hueá mía. Qué te importa. ¿Ahora vas a venir a hacer de padre y querís saber *mis* cosas? ¿Qué más quieres «compartir»? Esto no es un puto comercial con momentos padre-hijo.

De improviso, Pablo se acerca a él, lo abraza y con su iPhone se toma una foto. Una pareja de ancianos con pinta de escandinavos sonríen y se tocan las manos.

—Ahí. Un recuerdo. ¿Feliz? Un puto momento Kodak-Nescafé-vino en caja. Te lo mando. Muéstraselo a tus minas: tener hijos siempre funciona. Lo encuentran amoroso.

Silencio.

Un silencio largo.

—Era chico Pablo. Era muy, muy pendejo.

—No tuviste que dejarme botado. Pudiste salvarme, no dejar que me llevaran a esa mierda de Valdivia.

—Un padre no es lo mismo que una madre.

—¿Qué significa eso?

—Que lo lógico, lo natural, es que un niño se quede con su madre.

—Eso es lo cómodo. Lo que te convino, huevón. Lo lógico es que se quede con quien más le puede dar. ¿Nunca has visto *Kramer v/s Kramer* en la tele? Hay que querer hacer las cosas. Eso es lo que importa. Si luego salen mal, *mal,* pero se intentó. Mira, yo una vez tuve un perro. Lo cuidé. Se murió. Pero lo quise. Y era muy, muy pendejo.

—Yo te quiero.

—Cambiemos de tema. Me cargan estos temas. ¿Querer? Es refácil querer. Tengo que ir al baño. ¿Me cuidas el bolso? Tiene candado. Igual no lo puedes abrir.

———

Pablo camina por un largo pasillo con afiches de aviones antiguos. Suena una música de hotel, orquestada, falsa. Ingresa al baño. Se lava las manos. Luego va al urinario pero no necesita hacer. Se queda ahí. Solo. Regresa a los lavamanos y se lava las manos de nuevo. Se mira. Hace algunas morisquetas. Se toca la nariz. Se aprieta unos granos. Con el pulgar se refriega la nariz y luego lo apoya en el vidrio. La huella del dedo con la grasa queda marcada en forma clara. Con otro dedo dibuja dos ojos y una sonrisa al revés. Extrae otro Ravotril y se lo toma con agua de la llave. Saca el celular, mira la hora. Se toma una foto. Se sienta en el lavamanos. Revisa sus contactos en el teléfono y encuentra *mamá*.

Marca.

Espera.

—Mamá, lo odio —le dice—. Lo odio. No sé de qué hablarle. ¿Por qué le dijiste que viniera a verme?

Álvaro, sentado en la mesa del restorán del hotel. Mira su celular. Busca a quien llamar pero no encuentra a nadie. Mira la hora en un reloj que está en la pared. Escucha a unos tipos orientales conversar. Álvaro saca un Ravotril de su bolsillo y se lo traga con el resto de agua mineral que le queda en el vaso. Observa el bolso-mochila de Pablo. Se agacha y con la mano toca uno de los bolsillos exteriores. Toca el cierre y lo abre pero no hay nada adentro excepto el trozo de un diario en el que aparece en la sección de vida social en ese hotel fashion junto a esa chica llamada Valeria que es adicta a las bebidas energéticas.

———————

Pablo regresa a la mesa y llama al mozo. Se miran.

—Te demoraste —le dice Álvaro.

—Me dolía la guata.

—¿Estás bien?

—Bien. Un poco nervioso. Por el viaje. O sea, por la llegada. No cacho a nadie allá. Quizás son una famila de serial-killers.

—No creo.

El mozo por fin se acerca.

—Un vodka tonic. ¿Tú?

—Son las once de la mañana, Pablo.

—¿Querís o no querís? ¿Tienen leche? ¿Querís leche?

—Un Jameson, doble.

El mozo parte rumbo al bar.

—Estás... estás más hombre.

—Ha pasado su tiempo. Time flies, dude.

Silencio.

Silencio.

Silencio.

—Este hotel es nuevo —comenta Álvaro—. Lo inauguraron recién.

—Ah.

—El otro día... o sea, hace poco, ni tanto,

fui a Buenos Aires, por la editorial, y no pudimos despegar por la niebla, una niebla densa, densa, no se veía nada, pero nada, y cancelaron todos los vuelos y me tuve que regresar a la ciudad y el taxi casi no podía avanzar por la niebla; al final terminé por dormir en un hospedaje muy cutre que daba como asco. Tanto que no me atreví a sacarme los calcetines.

—¿Y por qué me cuentas esta historia?

—Ah, no... por... por lo del hotel. Es bueno que haya un hotel en un aeropuerto. Cuando se cancelan los vuelos o alguien pierde una conexión es práctico. Si en Buenos Aires hubiera habido un hotel en Ezeiza me hubiera quedado ahí.

—Pero habría estado lleno. Colapsado. Por la niebla. No creo que sólo *tu* avión no pudiera despegar.

Silencio.

—También sirven para reuniones. Un tipo puede volar hasta acá, cruza, hace la reunión acá, y parte de vuelta. Es bueno.

Silencio.

—¿Supiste del austriaco?

—No —le responde Álvaro.

—La semana pasada. Lo leí en el Emol.

—¿Qué?

—Nada, que estoy de acuerdo que es conveniente que haya un hotel en el aeropuerto. Reconveniente. Sobre todo para el austriaco. Sobre todo para él.

—¿Qué pasó con él?

—Nada, cumplió como cuarenta años o algo así de decadente y, no sé, no cacho, pero le dio la depre, *mal*, algo le pasó, cachó que era un loser, que nada le había resultado, que había dañado a ene gente y estaba solo y cagado y nada, quiso venir para acá, al fin del mundo, así que se tomó un avión y viajó como nueve mil horas y llegó acá, aterrizó, pasó por la aduana con su maleta llena de ropa y libros en austriaco y cruzó igual que nosotros hasta acá y llegó a este hotel y estaba cansado y pidió una pieza y sacó su tarjeta de crédito y la pagó y subió y se dio una ducha porque el huevón estaba cerdo después de todas las horas de vuelo y cuando terminó, así en pelotas, abrió la ventana y saltó del séptimo piso. El tipo seguía de cumpleaños por el cambio de hora. Su cabeza reventó en el cemento. Salió en el diario y lo leí. Eso. La gente se mata mucho en los hoteles. Eso dicen. Yo he estado más en campings. ¿Te has tratado de matar?

—No.

—¿Lo has pensado? —insiste el chico.

—No.

—¿No? ¿No sientes como la culpa te ahoga a veces?

—No. Me ahoga, sí, pero no es para tanto.

—Claro, no es para tanto.

Silencio.

—¿Por qué me contaste esta historia? ¿Es verdad?

—Claro que es verdad. ¿Cómo no va a ser verdad? ¿Por qué habría de inventarla? ¿De dónde sacaría la idea? ¿Por qué creís que la inventé?

—Es que no entiendo por qué me la contaste —le insiste Álvaro—. ¿Qué querías decirme?

—Que un austriaco se tomó un avión y se mató. Quizás le daba vergüenza matarse en Austria. Es un país chico. Yo no me mataría en Valdivia, ni cagando; me mataría en Mannheim o en Shanghai o en Osaka. Matarse igual es como una huevada privada, yo cacho.

—¿Seguro que estás bien?

—¿Seguro que estás bien?

Pablo recibe un mensaje en el iPhone. Un ruido como una copa que se quiebra. Lo mira, se ríe.

—¿Qué es?

—Una huevada. Unos conejos cinéfilos. Un dibujo animado.

—¿Quién te lo envió?

—Alguien. Es privado. *Mis* temas.

—¿Puedo ver lo que te enviaron?

Le pasa el celular. Mira el corto animado. *Titanic* resumido en treinta segundos. Se ríe.

—¿Bueno? —le pregunta el chico.

—Bueno, muy bueno.

Silencio.

Llegan los tragos, los dos se lo toman al seco.

—Pide la cuenta —le ordena el chico, mirando la hora.

—¿Cuándo regresas?

—El 27 de febrero. Entro el 1 de marzo. Ojalá este año fuera bisiesto. Igual la conexión a ZAL es inmediata, así que no tienes que venir.

Aterrizo como a las seis de la mañana, una huevada así.

Silencio.

—Me gustaría...

—¿Qué?

—Que me gustaría...

—Verme más. Hacer cosas. Todo el mundo quiere lo mismo, pero me tengo que ir. No quiero perder el avión. Otro verano quizás, papá. Otro.

Álvaro se queda en silencio.

Mira la cuenta, paga. Álvaro se demora en atinar pero de a poco procesa algo y comienza a sonreír.

—¿Qué?

Silencio. Pausa.

—Nada; me trataste de papá.

Silencio.

Se miran.

Pablo trata de no sonreír, pero sonríe.

Los dos sonríen.

———

Ruido de avión despegando. Álvaro guardando su mochila en la moto. Mira hacia arriba, al cielo. Su celular hace un ruido seco. Lo saca. Es un mensaje. De Pablo. Lo abre. Es una foto. Una foto de los dos. En el hotel.

Este libro se escribió en los siguientes aeropuertos y sus respectivas ciudades: (EZE) Buenos Aires / (CLO) Cali / (MEX) Ciudad de México / (PTY) Ciudad de Panamá / (COR) Córdoba / (GDL) Guadalajara / (IQT) Iquitos / (LAS) Las Vegas / (LIM) Lima / (LAX) Los Ángeles / (BNA) Nashville / (PMC) Puerto Montt / (UIO) Quito / (RDU) Raleigh/Durham / (REC) Recife / (SCL) Santiago / (ZCL) Zacatecas

Esta novela surge, se alimenta, se potencia y extrae mucho de los proyectos cinematográficos míos: *Dos horas* y *Velódromo*. Este libro no podría existir, primero, sin Pablo Cerda y José Pablo Gómez y, luego, sin el input de René Martín. Y a toda la gente, amigos y talentos ligados a estas películas: Margarita Ortega, Sebastián Arriagada y Cristián Heyne, entre tantos. Gracias a mi socio Mauricio Varela, que cree en el cine-garage. Edmundo Paz Soldán, para variar, me ayudó a entender el libro cuando estaba perdido, y a Francisco Ortega que captó lo que quería hacer antes que lo hiciera. El video de Pablo es una suerte de remix y se hizo bajo la influencia de Andrés Caicedo y Santiago Errázuriz. Gracias a Rosario Caicedo, entonces, por la famosa carta que selló nuestro lazo, y a Andrea Montejo, que llegó a última hora a salvar las películas y los libros. Gracias también a Andrés Valdivia y sus insights y a Silvana Angelini por hacerlo todo más fácil. Ricardo Alarcón, que es como Ariel y que ya me entiende que necesito diseñar los libros antes de escribirlos. Y, once again, Andrea Viu, figura clave de contención, apoyo, humor y lealtad.

Alfaguara es un sello editorial del Grupo Santillana

www. alfaguara.com

Argentina
Av. Leandro N. Alem, 720
C 1001 AAP Buenos Aires
Tel. (54 114) 119 50 00
Fax (54 114) 912 74 40

Bolivia
Avda. Arce, 2333
La Paz
Tel. (591 2) 44 11 22
Fax (591 2) 44 22 08

Chile
Dr. Aníbal Ariztía, 1444
Providencia
Santiago de Chile
Tel. (56 2) 384 30 00
Fax (56 2) 384 30 60

Colombia
Calle 80, 9-69
Bogotá
Tel. (57 1) 635 12 00
Fax (57 1) 236 93 82

Costa Rica
La Uruca
Del Edificio de Aviación Civil 200 m al Oeste
San José de Costa Rica
Tel. (506) 22 20 42 42 / 25 20 05 05
Fax (506) 22 20 13 20

Ecuador
Avda. Eloy Alfaro, 33-3470 y Avda. 6 de
Diciembre
Quito
Tel. (593 2) 244 66 56 y 244 21 54
Fax (593 2) 244 87 91

El Salvador
Siemens, 51
Zona Industrial Santa Elena
Antiguo Cuscatlan - La Libertad
Tel. (503) 2 505 89 y 2 289 89 20
Fax (503) 2 278 60 66

España
Torrelaguna, 60
28043 Madrid
Tel. (34 91) 744 90 60
Fax (34 91) 744 92 24

Estados Unidos
2023 N W 84th Avenue
Doral, F.L. 33122
Tel. (1 305) 591 95 22 y 591 22 32
Fax (1 305) 591 91 45

Guatemala
7ª Avda. 11-11
Zona 9
Guatemala C.A.
Tel. (502) 24 29 43 00
Fax (502) 24 29 43 43

Honduras
Colonia Tepeyac Contigua a Banco Cuscatlan
Boulevard Juan Pablo, frente al Templo
Adventista 7º Día, Casa 1626
Tegucigalpa
Tel. (504) 239 98 84

México
Avda. Universidad, 767
Colonia del Valle
03100 México D.F.
Tel. (52 5) 554 20 75 30
Fax (52 5) 556 01 10 67

Panamá
Vía Transísmica, Urb. Industrial Orillac,
Calle segunda, local #9.
Ciudad de Panamá
Tel. (507) 261-2995

Paraguay
Avda. Venezuela, 276,
entre Mariscal López y España
Asunción
Tel./fax (595 21) 213 294 y 214 983

Perú
Avda. Primavera 2160
Surco
Lima 33
Tel. (51 1) 313 4000
Fax. (51 1) 313 4001

Puerto Rico
Avda. Roosevelt, 1506
Guaynabo 00968
Puerto Rico
Tel. (1 787) 781 98 00
Fax (1 787) 782 61 49

República Dominicana
Juan Sánchez Ramírez, 9
Gazcue
Santo Domingo R.D.
Tel. (1809) 682 13 82 y 221 08 70
Fax (1809) 689 10 22

Uruguay
Constitución, 1889
11800 Montevideo
Tel. (598 2) 402 73 42 y 402 72 71
Fax (598 2) 401 51 86

Venezuela
Avda. Rómulo Gallegos
Edificio Zulia, 1º - Sector Monte Cristo
Boleita Norte
Caracas
Tel. (58 212) 235 30 33
Fax (58 212) 239 10 51

#110 10-27-2011 1:17PM
Item(s) checked out to OETGEN CECILIA LO

BARCODE: 2020367887655
TITLE: Aeropuertos
DUE DATE: 12-08-11

Remember to renew your materials at
http://library.arlingtonva.us

Este libro se terminó de imprimir
en el mes de mayo de 2011,
en los talleres de Salesianos Impresores S.A.,
ubicados en General Gana 1486,
Santiago de Chile.